Um dia de domingo
Gabriel Cruz Lima

ABOIO

Um dia de domingo
Gabriel Cruz Lima

i. Chama seu pai	9
ii. Vagalumes noturnos	23
iii. Um gato para puxar pelo rabo	45
iv. Três sets a dois	55
v. Caubói, caubóis	67
vi. Um dia de Domingo	89

Para Adriano Vilas Bôas e Letícia Yuri Akutsu

I
Chama seu pai

Eu via a espuma subir na máquina de lavar e pensava que aquilo tinha a ver comigo mijando na cama. A água saindo pelos furos do tambor molhava a cueca e o lençol sujos e eu sentia que o movimento de ensopar as roupas era o mesmo que minha bexiga tinha feito de madrugada. Diabetes. Enquanto passava o xampu, pensei que diabetes seria uma mentira convincente do porquê eu mijei em bicas, pouca insulina, ou insulina demais, seria como explicaria pra minha mãe o aguaceiro que acabou com o lençol, o colchão e a vontade de ir pra aula.

Muita água antes de dormir. A ciência recomenda isotônico em vez de água para os atletas antes de dormir, porque o consumo de não sei quantos mililitros depois da prática de atividades físicas prende a bexiga. E por isso teria sido bom se, depois de um futebol molenga, eu tivesse tomado um gatorade, porque continuava mijando nos azulejos do box mesmo tendo me molhado todo durante a madrugada.

Minha mãe poderia ter entrado no banheiro enquanto meu pau esguichava e dito, é você que vai jogar desinfetante pra tirar esse cheiro? E eu choraria, não sei bem se pelo tom de voz pistola, ou pela voz dela, vergonha de ser pego mijando, mas é fato, chorar é triste, chorar-mijando, pior ainda. Foda:

ela me abraçaria secando por debaixo dessas dobras, a toalha feito lixa na orelha, levantando meu cabelo com o atrito das mãos dela na minha franja.

Como a força do pensamento é magnética, talvez eu tenha convocado minha mãe direto do umbral. E aí, enquanto fechava o registro, já com a mão na toalha pra me enxugar, do outro lado da porta, ela disse umas palavras sonolentas, de quem ainda está com remela.

— Filho, eu preciso fazer xixi.

Soltei a frase primeiro e fui montando o raciocínio depois:

— Preciso pegar um bagulho. Calma.

Peguei o primeiro creme pro corpo que vi e abri a porta.

Perfeito pra não dar pala: creme nas mãos, banho tomado, e ela pensaria, nossa, ele está se cuidando, passando hidratante, que ótimo; ou não pensaria nada, só ficaria ali com aquela cara bagunçada de quem acordou junto com os primeiros pentelhos de sol, descobrindo se vai dormir de novo ou acordar, observando seu filho querido, ainda sem saber qual a relação entre o monange na mão, a roupa batendo na máquina e as gotas escorrendo entre os pelos da perna.

Não dei brecha pra perguntas, e, sem que ela percebesse a poça que eu tinha deixado, deslizando pela sala, escorreguei feito sabonete até o quarto. De tão rápido, corri o risco dela me achar estranho e perguntar umas paradas que eu não estava a fim de responder, aonde vai descalço?, por que você tomou banho de madrugada?, tá tudo bem, filho?

No quarto, jogada a toalha no chão e colocada a cueca, pensei em uma estratégia, merda debaixo do tapete: mijo embaixo do lençol. Só trocar a roupa de cama e fé. Mas lembrei onde estava guardado o lençol, no armário do banheiro, e entendi que meu problema para executar esse plano era logístico. Como ela estava no banheiro naquela hora, eu não poderia entrar sem ser descoberto, só pegar a roupa de cama que tinha ficado no armário, trocar o lençol no quarto e boa. Ver minha mãe de novo era correr o risco dela me perguntar por que eu estava pegando aquele lençol.

Que trancar a porta do quarto quê, eu não tinha chave. Então o outro plano de deitar no chão e ignorar o vai pra aula, me fingindo de surdo pra ela não me descobrir, seria fracasso. Como ela podia abrir a porta a hora que quisesse, não tinha como fingir que nada aconteceu e explicar, não, mãe, eu não ouvi o despertador; ou, não, mãe, eu tava com insônia, dor de cabeça, nervoso, por isso tomei banho, apaguei e não ouvi a senhora me chamando.

Também não daria pra arrastar a cama de rodinha e depois escorar o colchão na janela, que, além do barulho de roda quebrada na ardósia, eu não tinha toda essa força de carreteiro de quem fica pra lá e pra cá brincando de bloquinhos com os móveis. Imagina, trocar a cômoda de lugar, o ventilador, mexer no guarda-roupa, tirar o pôster do Clint Eastwood da parede, recolher as bitucas, dois bonecos de lutinha, as roupas espalhadas pelo chão, enfim, um monte de coisa que não tinha força, nem tempo, porque minha mãe, com certeza, viria daqui a pouco me ver.

E aí, sem opções, escorei o colchão na parede perto da janela, deixando a mancha virada pra dentro do quarto, com o ventilador apontado pra aquela marca de mijo. O vento na potência máxima fraquinho pra caramba comparado com minha necessidade, a cabeça girando devagar pelo quarto, um espirro daquelas hélices, se muito.

Mas um espirro daquelas hélices era tudo o que eu tinha. Então não dava pra ficar de lamentação mais tempo, porque minha mãe, fatalmente, passaria ali pra me ver. Soluções. Uma vida que, a partir dali, seria feita de soluções. E então, o hidratante aleatório que tinha trazido do banheiro pareceu profético, mágico. Despejei toda a embalagem pelo colchão, chapiscando com a delicadeza de reboco na parede, a ponta dos dedos uma espátula para espalhar a massa: amém. Isso livraria a espuma dos maus odores, se tudo desse certo, e a quantidade jogada podia até atravessar a camada superficial e garantir que mesmo as molas recebessem o monange e ficassem igualmente limpas, cheirosas.

Acabei o serviço e abaixei o pino do ventilador pra que ele ficasse virado só pro combo colchão, mijo, monange. Ufa, sentei de frente pra mancha, costas pra porta, cueca bóxer e mais nada, esperando que o colchão secasse antes que os passos que eu já ouvia da minha mãe virassem o rangido da porta abrindo.

Eu não sei pra onde o olho dela foi primeiro, se foi a parede com o colchão escorado, a mancha coberta de creme, ou se foi pelo resto do meu quarto, pontas do cigarrinho de artista pelo chão, tênis virado, embalagem de pizza, revistinha e mangá de sacanagem, os bonecos velhos, um caderno com uma cacetaça alada rabiscada na capa jogado no canto, ou nem isso, se seu olhar parou primeiro em mim, só de cueca, largadão, eu, a soma desses objetos e dela mesma.

Me levantei e fiquei olhando, esperando algum grito. Pra minha surpresa, ela não disse nada, só piscou duro, controlando o cima-baixo da pálpebra, se contendo pela força daqueles olhos devagares, gesto que, se não parecia tristeza, raiva, era mais perto do desânimo dos atletas depois da derrota.

Não sei quanto dói um tapa, ela não era de agredir, mas um tapa doeria menos. Ela me abraçou e eu correspondi, que era minha maneira de pedir desculpas antecipadas pela bagunça. Mas o abraço, por mais que eu apertasse, parecia mole, chocho, como um brinquedo de apertar, desses que sai o olho e apita.

No meio desse abraço leso, ela sussurrou no meu ouvido:

— Você é a cara do seu pai.

Fiquei quieto, processando a informação.

Eu não sabia o que essa semelhança queria dizer pra ela, se era um diagnóstico de incontinência urinária congênita e que poderia ser evitado se eu fosse mais atento à árvore genealógica; se a gente era parecido no cheiro, dado que o meu cangote poderia lembrar o cheiro dele, ou ainda, se meu pai tentava dar abraços de cueca nela pra pedir desculpa.

Depois dela sair do abraço em direção à porta, pensei de novo no que ela tinha dito e uma parada insana me ocorreu: eu tinha mijado na cama, porque meu pai tinha ido embora de casa. Mas isso era de uma estupidez sem limites, como se o sumiço tivesse qualquer efeito em mim. Eu nem sabia dos motivos do sumiço, imagina pensar que isso geraria consequências. Nada a ver.

Mas e se gerasse consequências? Pra entender se o mijo era resultado da ausência do meu pai, eu precisava, primeiro, saber das causas, ouvir, nem que fosse, ela falar, seu pai nos trocou por uma lambisgoia, aquela sirigaita, isso, essa amiguinha que ele dava carona era amante dele enquanto estávamos casados. Eu arregalaria o olho, num sinal de puta merda, descobrindo que ele foi embora por causa de uma vagabunda. E quando tomasse coragem pra procurar por ele, descobrir que a vagabunda, na verdade, era Lola, uma mulher gente fina, que ele tinha conhecido na internet num fórum sobre música brasileira, e, ao sair com os dois naquele sushi de sexta-feira, ritual de apresentação da namorada, ouvir meu pai explicar que deu avisos claros a minha mãe sobre o divórcio, e que não tinha traído a esposa, não, muito embora eu não soubesse o que isso queria dizer, avisos claros de um divórcio, e duvidasse que aquele casal recém unido não se conhecia antes do fim do casamento do meu pai, mas, sei lá, ter a oportunidade de saber de algo concreto sobre a ausência dele, além do pouco que minha mãe resumia a um catastrófico seu pai nos abandonou e, naquele momento, um sonoro você é a cara do seu pai.

Pela fresta da porta depois da sua saída, prestei atenção aonde minha mãe ia. Parou na lavanderia e, à distância, vi sua mão fazendo um ninho pra tapar o vento, a luz nos dedos quando o isqueiro acendeu. Atrás da fumaça, os postes ainda acesos, um sol nascendo que nem no teletubbies, cachorros já parando de latir com o motor dos ônibus. Isso é o mais perto de tristeza que eu já vi dela, um silêncio enquanto amanhece.

Talvez meu pensamento besta estivesse certo, o sumiço dele era o motivo da minha crise urinária. Não de forma direta, porque ele não meteu um funil na minha boca e mandou beba água, meu filho, mas porque a ausência é tipo uma conta de subtração. Éramos três, depois viramos dois: uma mulher fumando ao som do latido dos animais e um olho vagando pela fresta de uma porta.

Minha mãe amassou contra o cinzeiro o cigarro ainda pela metade, afundando a brasa bem fundo até que ela não passasse de uma mola vesga. Parecia raiva de mim, dele, sei lá. Nem sei se tinha alguma diferença entre eu e ele.

Pra ela, talvez, era como se a gente fosse uma coisa só na sua vida, um monte de caos e tristeza, vagabundagem e irresponsabilidade. Então nem adiantaria se eu falasse, me desculpa, já coloquei as roupas na máquina, o colchão até amanhã está seco, fique tranquila que vou varrer meu quarto, a casa toda, mamãe, porque ela era incapaz de dizer está tudo bem, meu filho, tempo ruim vai passar, é só uma fase, hoje você não precisa ir à aula, dorme na minha cama. Se ela falasse de boa comigo, era falar de boa com meu pai também.

Ela também não era do tipo que se arrependia e ficava naquelas de sinto muito, meu filho, desculpe a mamãe pela comparação. Mas eu não era ele e não iria me desculpar primeiro, não: ela quem disse que eu era a cara dele sem mais nem menos. Foda-se. Tava certo no silêncio, esperaria dias a morte da bezerra se fosse o caso.

Da sala, um tecladinho com sintetizador começou a tocar. A bosta da vitrola ligada: a letra da música falava qualquer porcaria, e essa porcaria era uma porcaria de coitado, como se ela dissesse pela voz de mamão com açúcar do Tim Maia, vamos, me peça desculpas, vamos lá, filho, fazer as pazes com a mamãe. E é por isso que eu odeio o Tim Maia, cafona até o cu fazer bico. Pior ainda que ele era acompanhado de outra voz num dueto melodramático: Um Dia de Domingo.

Fechei a porta logo depois de identificar qual música era, porque não queria ver essa cena. Imaginei minha mãe sentada na poltrona, seu olho perdido no canto da parede, seus dedos esfregando o rosto da Gal, como se tirasse alguma sujeira que meu pai tinha deixado. Porque eu sabia, se ficasse ali vendo minha mãe, ficaria mole e abriria a porta pra pedir desculpa por mim, pelo meu pai também, só pra dar uma trégua. Daí depois dessa conversa, nós dois riríamos dela falando daqueles discos, herança dele pra quando eu ficasse adulto, riríamos muito, depois não riríamos mais. Isso porque, enquanto ela contasse dessa coleção feita pra mim, a gente passaria da risada a um estado sombrio, em que ele aparecia, de novo, sem aparecer, tipo quando fica a marca de uma figurinha arrancada de uma porta cheia de verniz.

Eu poderia ter uma barba pra coçar nesse momento, que é o gesto que todos os homens fazem quando estão pensativos. Mas como não tinha, só vesti minha bermuda do colégio, à espera que ela tirasse o LP, ouvindo o final da trilha sonora de dentro do quarto: Márcia in Concert, ao vivo na Ilha da Tristeza.

Fiquei mais uns minutinhos ali até depois de a música acabar pra não explanar que eu estava de butuca. Se eu saísse assim, de pronto, talvez eu visse seus olhos parecendo um deserto, a bochecha chupada de quem já nem tem mais força de chorar, e isso pesasse em mim. Então, fiquei no quarto mais uns segundos, delicadamente colocando a camiseta do uniforme e fazendo e desfazendo o nó do cadarço, tudo pra que quando ela me visse fora do quarto, pensasse, olha só, ele nem se abateu com o Tim Maia.

Uma mesa posta com suco de laranja e banana, maçã, requeijão e dois pães, frios. Ela comia um dos pãezinhos e deixou outro do lado, com o presunto e o queijo em rolinhos. Corei.

Sentei à cabeceira, vermelho, pensando no que significava aquilo, e reconheci que era carinho, sim, mas além, uma lição de coitado, humilhação. Tadinho dele, olha só, ele tem incontinência urinária, o pai dele foi pra famosa casa do caralho, deixa eu fazer esse café da manhã de resort pra consolar.

Você é um irresponsável que nem seu pai, tinha sido esse o pensamento dela arrumando a mesa. Você é um irresponsável que nem ele, cada vez mais evidente enquanto eu cortava o pão. Você é um irresponsável que nem ele, quando garfei o queijo e o presunto e o queijo enrolados. Você é irresponsável que nem ele, no instante em que ela teve que colocar meu misto quente na sanduicheira, porque, segundo ela, eu sempre fazia muita bagunça.

Pra disfarçar que eu sabia dessas intenções secretas, comi o mais lento possível, como se saboreasse. Primeiro um gole do suco, tomado de bicadas, requeijão por cima do pão tostado, estamos nos divertindo nessa refeição feita para mim, não é mesmo, mamãe. Dei uma mordida e mais outra, esperando qualquer fala, é isso mesmo, você é a cara do seu pai até no barulho que faz quando tira o pão grudado do céu da boca, ou não, o contrário disso, não filho, você não é a cara do seu pai, tem nada a ver ele ter ido embora com o que rolou hoje de madrugada, acontece com todo mundo, qualquer médico diria que é normal da idade. E nada. Só o silêncio de brinde, eu colocando e esvaziando segundos e terceiros copos e esticando o queijo derretido saindo do pão.

Só me restou provocação:

— Você não tem nada pra dizer?

— Você é a cara do seu pai.

— Por que você acha isso, hein?

— Vê se pendura a roupa no varal e vai pra aula. Responsabilidade é fundamental para a vida.

— Talvez, se algum dia você parar de falar que nem profeta, eu entenda.

— Ele também deixava as coisas na máquina.

— O que isso significa?

— Que ele deixava as roupas embolorarem. Responsabilidade, pensa nisso, filho.

Uma passada de mão na minha franja, depois um beijo na testa sucedido por uma bateção de porta e eu fiquei pensando no que era responsabilidade.

Acendi um baseado pra abrir minhas ideias: mamãe saiu, fumaça subiu. Pessoal indo pro trabalho, o cara desmaiado na calçada, o lixeiro com aquele gesto longo de pegar uma sacola do chão, arremessar, errar o contêiner do caminhão, pegar o mesmo saco de novo, arremessar, acertar e correr; era isso que era a responsabilidade? Repetir um monte de gestos durante um dia? Que merda. O baseado carburou até uma brasa se soltar pelo vento, pegando num pedaço de náilon da tela da lavanderia. O fogo, antes de apagar, derreteu um pedacinho do fio, deixando a linha escura.

Olhei a parte chamuscada, e pensei que de todos os lugares que a brasa poderia ter pegado, ela tinha parado justo no fio. Ninguém poderia ser responsabilizado por nada.

Responsabilidade não existe. Eu tinha mijado na cama por conta de nada, como se isso de abandonar família, da minha mãe me comparar com ele, não fossem capazes de causar qualquer coisa, apenas reações aleatórias sem ninguém no comando, se espalhando e destruindo cada coisa de um jeito, como a brasa tinha queimado o fio.

E isso significava que eu não devia me desculpar pela sujeira, ligar pra minha mãe e soltar um genérico, desculpa por tudo, esperando ela falar, de volta, estamos quites. Ou pedir pra ela, por favor, me passe o número do celular do meu pai e ligar e cobrar, e aí seu arrombado, cadê você. O que ele diria não me faria nem mais feliz, nem menos triste. A responsabilidade era uma ilusão dela, deles. Fogos por aí.

Com meu cuspe entre o polegar e o indicador, apaguei a ponta e voltei pra sala, chapadíssimo. Tim Maia e Gal Costa ainda na agulha, dei play de novo na vitrola e abri o encarte ao lado do disco pra rever a dedicatória: "Eu preciso descobrir a emoção de estar contigo". Se o Tim Maia soubesse que essa letra de pau jonjo geraria um filho de começo de namoro, talvez ele nem tivesse gravado essa porcaria de descobrir um sentimento sem sentido, de acordar de um sonho lindo. E sem me preocupar se feria os sentimentos do Tim Maia ou do casal, tirei o dueto da vitrola com a agulha riscando o disco.

Mas antes de devolver na estante, parei em frente à caixa de madeira maciça, onde ficava a outra parte da coleção pra rever o que tinha ali.

De volta ao chão da sala, vi outras vozes falando coisas da maior importância. Meu deus, a Mulher de Atenas é chata pra caralho. Construção é que nem bater punheta pra prima, podia ser bom, mas quanto mais você pensa nela, mais cansado fica. Enfia o Coração de Estudante no rabo pra ver se renova-se a esperança. Eu não vou reclamar do Bêbado e o Equilibrista, porque nem chá de camomila faz dormir tanto. Do Jorge Ben eu gostava, apesar dele só falar de mulher, criança, futebol e anjo. Gilberto Gil era massa, tive que reconhecer. Eu também odiava o Tom Zé, esse sem motivo, mas precisava de motivo pra odiar o Tom Zé?

Trouxe alguns desses discos pro meu quarto. Selecionei vários, os que eu achava mais chatos: Acabou Chorare, Alucinação, As Canções que Você Fez pra Mim, Meus Caros Amigos, Falso Brilhante, Clube da Esquina, Transa. Empilhei todos ao lado do colchão, respeitando a ordem do sobrenome, deixando apenas o que mais queria destruir no topo: Bem Bom, da Gal.

Coloquei o resto do resto do monange que eu tinha trazido do banheiro melando a pilha. Apesar das orientações do produto, que dizia para evitar a região dos olhos e boca, fiz questão de passar bastante no rosto da Gal.

O barulho da faísca, da pedra em contato com a roldana do isqueiro, e da chama em contato com o papelão do encarte parecia mais sincero do que a música do Tim Maia, as labaredas feito pipocas explodindo toda essa herança deles. Foda-se: liberdade.

O daora de reação em cadeia era o barato aleatório de se espalhar por aí. As chamas lamberam o rosto da Gal direto pro colchão com monange, pra parede. Esse brilho subiu pro teto, explodindo a lâmpada do quarto bem em cima do meu cocuruto, espalhando cacos de vidros em mim como se fossem flocos de neve.

Feliz, realizado até, diria, pensei, pronto, hora de acabar com o fogo. Coloquei o pau pra fora para ver se o que tinha tomado de suco de laranja no café servia para apagar a fogueira dos meus pais. Nada. As gotas de mijo antes de chegar ao chão se transformavam em vapor. Era aquilo, tem um lance de não saber o que está fazendo até saber o que está fazendo.

Enquanto as paredes de fogo viravam nuvens carbônicas, coloquei a mão no rosto para ver se respirava melhor e corri até a porta. Eu nem sabia que a maçaneta poderia estar tão quente, mas, ao encostar minha palma no metal, meu pulmão pedindo arrego, ouvi o baralho de bife fritando. E antes que pudesse imaginar a causa, senti a pele pelando.

Olhei ao redor e o que vi foram restos de coisas e a toalha jogada no chão. Peguei e, sem pensar, enrolei ao redor da palma e meti novamente a mão no ferro. Os fios de poliéster grudaram no metal e senti a mão pegando fogo. Continuei, mão tostando, tosse tossindo, ignorando as bolhas que surgiam mais e mais. E fiquei com a pele da mão em carne viva, arfando, agarrado à maçaneta, ombradas e chutes contra a porta.

Metade da pele das minhas duas mãos ficou presa na maçaneta quando dei dois passos pra pegar impulso. Corri em direção à porta e tentei uma voadora. Descobri, no meio do ar, que eu nunca tinha dado uma voadora nesse estado de debilidade. Nem nunca tinha dado uma voadora. E se tivesse dado antes, adiantaria? O chute foi tão fraco que caí de costas no chão. Tentei levantar, mas como a fumaça que eu cuspia de dentro de mim também me deixasse mais fraco, minha perna não obedeceu.

Ao lado, à minha mão, apenas meus dois bonecos gastos. Arremessei, de bobo, última tentativa, como se todas as brincadeiras que eu tivesse feito na vida me ajudassem, e nada, nem chegou a atingir a porta, nem que fosse apenas pra fazer cócegas na madeira. Olhei pra minha mãe e vi que o restante de pele que sobrou do contato com a maçaneta tinha se tornado uma coisa só com o plástico.

A essa altura, eu tossia muito, tentando respirar com uma nuvem entalada na garganta. Nas narinas, de repente, senti um gosto de cabeça de fósforo e ferro, e gorfei em mim mesmo. Só percebi a cor marrom escura de sangue quando estava de cara nele.

Meu rosto sujo no chão, ao lado dos bonecos, cacos de lâmpada e espuma de bile borbulhando, me deixou triste, porque lembrei daquela espuma do sabão em pó, do meu lençol, da cueca que eu tinha esquecido de pendurar. E, na minha imaginação, eu via os dois balançando no varal, a brisa quente mexendo neles, e talvez minha mãe chiasse de novo que não tirei as coisas da máquina, que nem meu pai fazia.

II
Vagalumes noturnos

— Seria melhor se a gente fosse direto pro hospital.

Nestor me ignorou e jogou a mochila na frente do corpo, abrindo um espaço debaixo do guarda-chuva para que eu passasse da cobertura do metrô à sombrinha dele. Olhei e, sem nem pensar, fiz que sim com a cabeça, fazer o quê. Segurando a haste apoiada entre o queixo e o ombro, ele mostrou o endereço tirado do bolso: número 2600 e tantos. Ao redor, os números subiam de cem em cem a partir do 1042. Vamos aí, de boa.

De boa naquelas, atrasando porque um fone de ouvido quebrou e precisa ser trocado, em vez de comprar outro igual, parecia bobo, até desleixado com o pai dele. Mas fiquei quieto, porque se falasse o que estava pensando, ele responderia um monte de besteira: o produto era de boa qualidade, estava na garantia, não poderíamos desperdiçar dinheiro assim, cadê o espírito de caubói. Enfim, só conversa mole.

Passamos por vitrines de lojas de roupa femininas, garotos de capa de chuva oferecendo consertos de telas de celulares, consultório médico a preços populares, bancas de jornais, algum tire seu empréstimo sem confirmação de CPF, e, conforme andávamos, prestei mais atenção nas poças que se formavam, pisando fofo, apenas um dos calcanhares manquitolando: minha meia tava furada.

A verdade é que todo mundo tem uma meia furada, metafórica ou não. No meu caso, era um furo real em um dos calcanhares. No caso dele, podia ser também um furo nos calcanhares, mas era mais possível que fosse o problema do pai no setor de cuidados paliativos e essas coisas graves.

Passamos de novo pelo tire seu empréstimo sem confirmação de CPF, bancas de jornais, consultórios médicos a preços populares; os garotos de capa de chuva oferecendo conserto de celular não conheciam o endereço que perguntávamos e quando a moça da vitrine da loja de roupas femininas disse que não lembrava onde era o 2600 e tantos, Nestor me olhou com um dedo no queixo, como se ele fosse um ponto de interrogação ambulante e eu, a resposta.

Olhei pra cima, olhei pra baixo e, como alguém que só descobre o tiro vendo o buraco de bala, ao ver o aguaceiro pegado ao redor do tornozelo, senti meus pés úmidos. Fiquei puto, ô se fiquei. Não adiantou nada o andar manco, afinal. Daí fui lá e tirei o guarda-chuva da mão dele, o capitão tomando o leme de um barco à deriva.

Ele interrompeu:

— Ô Bolacha, a gente tava quase lá.

— Quase, nada. Tamo girando ao redor do próprio rabo. É só você checar o endereço do fone e do hospital no mapa. O mais perto leva.

— Não é bem por aí. Precisamos desse fone.

Com a chuva apertando mais, nem eu estiquei a discussão, nem Nestor reagiu quando, com o guarda-chuva que dividimos sob minha guarda, nos levei à banca de revistas mais próxima. Paramos debaixo do toldo e ele sacou o recibo do bolso e o celular para conferir o endereço. Ele olhava o número do recibo em uma das mãos e com a outra mexia na tela com o polegar, passando e voltando páginas, abrindo abas em navegadores diferentes, para, enfim, descobrir o caminho até o fone quebrado. Enquanto ele olhava o endereço, fechei a sombrinha e cruzei os braços, imóvel com a tempestade à frente, uma sucessão de gotas pesadas e quebradiças, que se multiplicava ao bater no toldo de acrílico.

E Nestor nem aí, a chuva continuava, e eu não sabia bem o que ele estava fazendo, mas ele parecia concentrado, descendo e subindo a tela do aplicativo de GPS, clicando em vários cantos da tela, à procura de um tempo menor de trajeto, ou, quem sabe, à espera de um botão mágico direto para a loja de fones, uma passagem secreta através das poças da calçada, uma escada rolante no meio da chuva com ninfas sussurrando, esse é o caminho certo, ou cristo com seus foguetes propulsores apontando a direção.

Não sei se ele sabia que apertar a tela do celular cada vez mais forte contra seus dedos não ia fazer a internet funcionar, mas essa irritação, pelo menos, demonstrava que Nestor sabia o óbvio, quanto mais tempo ele demorava pesquisando, menos tempo a gente tinha de trocar o fone e chegar a tempo do horário de visitas. Mas mesmo assim ele continuava tentando, dessa vez erguendo o celular para o alto para que alguma torre captasse suas preces. Nada. Chequei meu celular para ver se tinha internet. Nada. Retornou aos cliques e tentativas de atualizar a página. Nada.

E a cada clique mais forte, em vez de considerar que ele sofria da teimosia de um jumento, entendi como o patético é comovente. Talvez ele também soubesse desde o início que não compensaria todo o esforço de reaver um fone genérico, ou talvez ele só estivesse adiando a visita a seu pai, mas mesmo assim ele continuava ali com os dedos frenéticos e burros, em busca do nosso caminho. Lindo. Daí, comovido que só a porra, menti para incentivar o amigo.

— Onde fica esse lugar mesmo? Vai dar tempo da gente chegar lá, sim, pô.

— Perto daquele banco que a gente passou, mas eu nem me liguei que tinha que dobrar a esquina.

— Acho que se a gente der uma corridinha, a gente chega.

— Nessa chuva?

— Não é como se isso fosse atrapalhar.

— Pensa bem.

Chacoalhei a sombrinha na minha mão e estiquei o pescoço à tela do celular pra dar mais crédito pra mentira. Ele virou a tela do celular para mim com as fotos e o nome: Market Palace. Por fora, a entrada do lugar tinha uma luz magenta e outra azul direcionadas ao letreiro amarelo com o nome do local. Por dentro, as imagens mostravam uma colmeia, em que se empilhavam pelúcias, chaveiros, vaporizadores, canetas e eletrônicos em nichos e galerias idênticas.

Se chegássemos lá, pensei, teríamos de encontrar a loja com o número correspondente ao indicado pelo recibo, rezar para que tivessem o modelo idêntico ao dele, que o modelo idêntico não tivesse os mesmos defeitos, ou, se não tivesse o modelo idêntico, na pior das hipóteses, Nestor se convencesse em aceitar uma versão desatualizada do produto, ou, na melhor das hipóteses, inteirar uma graninha para pegar a versão mais recente do fone, pior, se não bastassem as especificações técnicas de qualidade de som, fossem elas melhores ou piores do que o modelo que a gente iria trocar, teríamos de pensar nas nossas falas para o momento de pedirmos outro fone, na pessoa que nos atenderia, torcer para alguém com boa vontade o suficiente desconsiderar nossa estupidez de trocar um fone falso no meio de uma chuva digna de Noé, sua arca e dois dos seus melhores asnos. Desconversei:

— Mais fácil comprar na banca, não é?

— Deixa pra lá o fone. Tá chovendo bicas, a gente vai ter que esperar aqui de qualquer jeito. E depois ainda tinha outras coisas pra resolver com essa galera do fone.

— Mas você não está com pressa?

— Mais ou menos. Deixa pra lá. Outra hora eu me viro com isso.

Ele mentia quando dizia deixa pra lá, mas fazer o quê. Devolvi a sombrinha a ele, e Nestor pegou no cabo com uma moleza, um desânimo, e tive vontade de cutucá-lo com a ponta do guarda-chuva , que estava virada pra ele e falar, vamos, meu filho, reaja.

Nestor se limitou a uma sequência de gestos tão mecânicos quanto capengas. Ele abriu a mochila à frente do corpo e tirou uma sacola de mercado, embalou a sombrinha para guardá-la e, no mesmo movimento longo e cansado, tirou um maço de cigarro lá de dentro.

Ele bateu na parte de baixo da embalagem até dois escorregarem na sua mão e me estendeu um por cortesia. Dei um joia e uma piscadinha agradecendo os bons modos, mas não aceitei a oferta, fiquei só observando a mão dele fazendo um ninho para tapar o vento, preservando o restinho de fogo do isqueiro. A centelha piscava para acender o cigarro e um raio atravessou o horizonte, iluminando o rosto dele com um clarão de faísca e relâmpago. Nestor deu sua primeira puxada, inchando ao máximo os pulmões, e soltou uma baforada tão pesada quanto quieta. A nuvem de fumaça ficou parada em cima da gente esperando, magicamente, o barulho do trovão para que desaparecesse na noite.

Enquanto ele fumava, entrei na banca e pedi um chiclete. Peguei o sabor cereja e, antes de abrir a embalagem, pensei na estupidez desse vai e vem de fone enquanto olhava aquelas gôndolas com suas revistinhas de sacanagem, jornais e cacarecos. Mesmo que soasse desrespeitoso com toda a insistência dele com o quebrado, tem hora que a necessidade apita antes da escolha. Era isso: presenteá-lo à fórceps com um fone desses.

Perfeito, seria como a sucessão de passarinhos de estimação que os adultos dão para crianças, que elas até se chateiam ao descobrirem que o bicho morreu, reclamam e reclamam, mas se esquecem da existência do finado quando o novo demonstra que também sabe cantar o Ouviram do Ipiranga e falar palavrão.

Paguei caro pelo modelo especial, escolhi o fio azul de um metro e meio, entrada P2 universal, da melhor qualidade de som estéreo, não quebra e não torce, como me disse a atendente. Ela poderia ter dito, esse é uma merda, quebra num peidinho de velha, numa biribinha, que eu levaria mesmo assim.

Dei o fone e ele ficou boquiaberto e tonto, as cinzas ainda presas na ponta do cigarro, encarando o fio nas próprias mãos, depois me encarando, depois encarando de novo o fio, estranhando o objeto como um pai olha seu recém-nascido nos braços, buscando a relação daquilo que ele segurava entre seus dedos e o mundo.

Sem nem me agradecer, que cretino, Nestor apagou a bituca na sola do tênis e abriu de novo sua mochila, que, por algum motivo, ainda estava à frente do corpo. Zíper aberto, fone novo dentro dela, fone velho em suas mãos.

Nestor enrolou o antigo ao redor da palma, formando uma rosquinha de fios que ele, de imediato, aproximou do coração. Ele ficou uns cinco segundos assim, como se rezasse um crendeuspai a um parente. Ainda velando o fone, Nestor amassou o emaranhado, fazendo deles uma bolinha, ajeitou a mochila nas costas e ergueu o cotovelo, fechando um dos olhos, calibrando a força e a distância necessárias até a lata de lixo dentro da banca.

O fio bateu na borda da lata de lixo e ficou num fora-dentro com o aro. Me zanguei com essa leseira ritualística, com a mira torta, e puto da cara que ele não tinha nem me agradecido. Reclamei:

— Se eu soubesse que era só isso, eu nem tinha comprado.

— A questão é tirar vantagem do que a gente puder. Esse fone tinha garantia, não queria perder dinheiro. Você pode pegar lá pra gente e jogar fora?

— Não vou dar uma de faxineiro. Quem tem filho grande é elefante.

— A gente precisava enrolar um pouco. Confia. Quebra essa lá, de irmão.

— Enrolar pra quê? Não tem horário lá no hospital não?

— Relaxa. Me escuta.

— Se a gente tem que enrolar tanto assim, por que a gente não simplesmente esperou a chuva parar e foi lá no bagulho trocar esse fone, então? Você não fala nada.

— A gente tinha que esperar a hora certa. Se a gente fosse, voltasse e fosse de novo até o hospital, não ia dar o tempo certo. É o tempo certo.

— Disso eu sei. Mas já acabou a hora da gente entrar, que lance de tempo certo é esse? Parece que você só tava se fingindo de morto pra comer o cu do coveiro.

— Tudo bem, eu não queria gastar com o fone, mas pode ficar tranquilo.

Nem sei se eu achava que ele tinha dissimulado a história do fone ou se eu estava de gracinha com esse lance de hora certa, mas, ao olhar de novo para dentro da banca, descobri que, enquanto a gente discutia, a mulher foi lá e ela mesma jogou aquele bololô no lixo.

Ela nos olhava com uma cara azeda e eu devolvia uns olhos redondos e tristes para me desculpar. Antes que eu pudesse dizer foi mal, Nestor me puxou pelo braço, abrindo o guarda-chuva em direção à calçada.

Enquanto andávamos, eu e as meias na poça, Nestor sacou mais um cigarro, mas não achou o isqueiro. Bateu as mãos nos bolsos da jaqueta, da calça, e nada. Antes que eu pudesse lembrar toda essa patifaria sem sentido do fone, ele interrompeu minhas ideias.

— Você bem que poderia fumar também. Ia te deixar mais bonito, eu acho, cigarrão nos dedos, ia ficar lindo e ia me ajudar quando eu precisasse. Segura aí o guarda-chuva.

Ele bateu no bolso de trás da calça e achou o isqueiro, soltando uma risadinha suspirada, quase um espasmo de alívio. Eu não sabia o quanto esse sorriso ia se segurar, porque, enfim, agora, bem ou mal, tínhamos o fone e caminhávamos naquela chuva pesada em direção ao hospital, em que as poças se multiplicavam em corredeiras e entravam tristes por debaixo da barra das nossas calças.

Ele jogou esse outro cigarro fora e me disse:

— Eu me sinto envergonhado por pesquisar quanto custa um caixão.

— É o que é, bicho, se você não fizer, não tem quem faça.

— Tô pensativo com isso esses dias. A tia precisa chorar, mas alguém tem que pagar pela coroa de flores, ver se o morto tá bonito. Osso.

Sei lá. Fiquei pensando em dizer alguma coisa profunda, mas achei que ficar quieto até chegarmos no destino seria mais digno, dizer nada nessas horas é melhor do que ficar velando alguém vivo.

Paramos em frente à entrada principal e nos abrigamos na cobertura do ponto de táxi, a altura do banco fazia com que a gente ficasse com os pés balançando, graciosos. Eu me divertia mexendo as pernas pra lá e pra cá, enquanto

Nestor checava o horário no celular. Já tínhamos passado de qualquer coisa semelhante ao permitido às visitas e, mesmo assim, parecíamos sempre dez minutos mais cedo do que o previsto. Nestor aproveitou a ocasião para testar o fone e, como ele estava ocupado com o celular dele, conectamos no meu. Escolhi Um Dia de Domingo, do Tim Maia e da Gal Costa, e Nestor nem aí com o dueto torando.

A foto de alguém pipocou na parte superior da tela. Não li, mas Nestor se levantou sem deixar o último refrão tocar, metendo o fone na mochila, tão apressado que seu maço de cigarros caiu do bolso de trás em uma poça.

Antes de se lamentar, tão rápida quanto sua saída foi meu reflexo. Peguei o maço do chão, que, por sorte, caiu estatelado e não de pé, salvando uns quatro ou cinco do naufrágio. Dei todos que sobraram a ele em uma passagem de bastão olímpica, sem desviarmos do fluxo, eficientes, ele jogando o punhado na bolsa, nós dois lado a lado esperando a boa vontade do sensor de movimento e sua amiga porta de vidro.

Nos enxugamos no saguão de entrada, ao lado das catracas. Dali, era possível ver, ao final do corredor, uma máquina de venda e os elevadores do prédio. Amém. Entre a gente e o acesso aos elevadores, havia um único homem de paletó e walkie-talkie, um segurança, supus. As ombreiras e o bordado com caligrafia na lapela davam um ar de importância e dignidade para aquele cara, talvez não fosse apenas um segurança, talvez fosse um supervisor, talvez fosse um chefe, talvez fosse o chefe-do-chefe.

Talvez não fosse nada, mas o que importava era a intimidade que Nestor tinha com ele, chamando pelo nome, perguntando generalidades sobre como estavam as coisas lá na casa dele, como ele ia fazer com o presente de aniversário da filha, e o cara responder que essa economia hoje em dia estava difícil demais, e Nestor concordar e puxar a carteira do bolso, estendendo a mão com quatro notas de cem.

— Não é muito, mas dá pra comprar uma boneca. Tô devendo mais um café pra equipe depois, hein, Josué. Me cobra.

— Você tá com crédito na praça, mister.

Voaram 400 pila na direção de Josué e eu fiquei pistola. Se estava fácil assim dar uma de Silvio Santos e distribuir notas por aí, por que ele não tinha ido lá e comprado a merda de um fone novo? Fiquei quieto e esperei aquela revista de praxe só para disfarçar caso alguém estivesse vendo alguma coisa, não sei, só checar se a gente não estava armado dentro de um hospital, não é de bons modos entrar armado em hospital. Costumes.

Óbvio que, ao abrir a mochila de Nestor, o segurança não ia revistar ninguém. O máximo que ele fez foi arregalar o olho com o que tinha lá dentro, sujeiras mil, o fone novo, vai saber, e, logo depois, com um movimento de pescoço varrendo os arredores, pegar duas sacolas verdes de mercado. Reparei através do plástico verde antes dele muquiar os dois pacotes na mala. Dentro deles dois tecidos brancos, volumosos, grã-fino, eu diria.

Antes de entrarmos no elevador, fizemos uma pausinha. Nestor escolheu um nescau e uma água com gás na máquina e perguntou se eu queria mais alguma coisa.

Dei de ombros para que ele entendesse que não queria abusar da boa vontade, mas se a pergunta era essa, se eu estava com sede, eu estava com sede, sim; e não era qualquer sede, mas sede de refrigerante, de uma dose bíblica de açúcar depois desse tanto de vai e vem de esperar hora certa, caminhada, meia molhada, poças d'água e de ter sido enganado para comprar um fone.

Ele escolheu o de laranja para mim. Passado o cartão na máquina, deu umas batidas com o punho fechado bem no local do vidro em que meu refrigerante se desprendia da mola.

— Nunca vi esse lance de bater pra tentar pegar brinde rolar mesmo.

— Um dia ainda vai dar certo.

Ele repetia a mesma frase no elevador em direção ao quarto, como um mantra, enquanto entuchava as bebidas no que restava de espaço da mala. Vai dar certo o quê? A tv do elevador dava notícias sobre uma Terceira Guerra Mundial, apólices de seguro, resultados esportivos, um trailer de mais um filme com dois caras caindo na porrada. Isso é dar certo? A porta para o décimo oitavo andar abriu e Nestor colocou a cabeça para fora antes de sairmos. Como eu não sabia onde ficava o quarto do seu pai, em um impulso, comecei a imitá-lo. Ele abaixou a cabeça e, com os passos acelerados, seguimos pelo corredor à nossa direita, depois à esquerda, checando antes de dobrar qualquer esquina, furtivos sabe-se lá deus para onde. Nos esgueiramos um pouco mais sem rumo até a última porta de um lugar isolado: o banheiro.

Nestor entrou com sua mochila e o saco entregue pelo segurança em um dos boxes. Por via das dúvidas, entrei em outro, ao lado. De dentro da cabine, saquei o celular e pensei em perguntar a ele por mensagem qual era a próxima etapa do plano, mas desisti, deus sabe como andam os hackers hoje em dia.

Bati algumas vezes na divisória entre a gente, o código morse universal, pam-pararam, esperando a resposta, PAM--PAM. Ele respondeu com essas batidas e eu perguntei:

— Se eu penso que você fez o que você fez com o Josué...

— Ele me garantiu a parte da segurança e que era troca de turno, alarmes de incêndio desligados, as câmeras e os caraio. As enfermeiras e os médicos tão na nossa conta.

Ouvi o barulho da porta batendo do outro lado e também voltei pro banheiro. Reparei que ele tinha deixado a mochila de lado, escondida dentro da cabine, e, ali em cima da pia, rasgava as sacolas entregues pelo segurança, desdobrando o tecido branco em dois jalecos, que enrolavam outros dois estetoscópios e pranchetas.

Ele jogou um dos jalecos pra mim e, depois de colocado, reparei no nome Valter pintado à mão no bolso, nome de oncologista, cirurgião, perfeito. O único problema era que não estava bordado, porra, esse descuido quebrava minha estética de médico recém-formado, nenhum filho de vó anda com jaleco pintado à mão. Mas se não tinha, não tinha. Foda-se.

Olhei para o jaleco dele que parecia ainda mais fajuto que o meu. O tecido era melhor e parecia mais profissional, mas o nome que ele tinha escolhido como sua alcunha médica cagava litros: Nestor. Ele reparou que eu reparava e tratou de se desculpar.

— Ninguém liga para essas coisas.

— A gente tá fodido.

Ele deu as costas para esconder o nome do jaleco e eu bati com a mão na minha testa, cristo rei. Ele tentava apagar o nome na base do cuspe, esfregando até ver se alguma coisa acontecia. Nada acontecendo, foi até a pia e passou sabão até sair o nome do jaleco.

As letras borraram formando uma mancha de tinta preta, parecida com graxa, que, aí, sim, parecia suspeito, porque, como todo mundo sabe, médico anda de cabelo escovinha, mocassim, roupa branca *à la* ovelhas nos alpes suíços. Puto da cara com esse desconhecimento dele, disse umas verdades.

— Burro pra caralho, hein. A gente vai sair daqui preso ou morto.

— Quer saber, foda-se. Não vai ficar pior que isso.

— Você lembrou da luva cirúrgica também, não é? Médicos só andam de luvas por questão de saúde.

— Você pediu refrigerante de laranja e tá me falando de saúde, Bolacha?

Eu ia dizer que isso era mentira, mas esqueci de rebater. Não tínhamos tempo pra ladainha. Ele entregou a prancheta e o estetoscópio para completar a fantasia, mas, como se a fala sobre o refrigerante de laranja o lembrasse de alguma coisa, voltou para a cabine.

Depois de colocar no bolso de trás da calça o que restou do maço de cigarro, o isqueiro e o fone novo, Nestor saiu com as bebidinhas e colocou tudo em cima da pia. Improvisou uma sacola com o que sobrou do plástico rasgado dos jalecos para colocar nossas bebidas. Boa. Não daria pra dois médicos andarem de mochila, nem ficarem levando as coisas na mão, nos bolsos.

Deixou as bebidas encostadas e retornou mais uma vez à cabine. De dentro da mochila tirou duas folhas de sulfite. Não entendi logo de cara, mas depois achei detalhista, meticuloso da parte dele. Nestor colocou a folha sob uma das presilhas, depois sob a outra: capricho.

Peguei a prancheta e nós dois nos olhamos no espelho do banheiro para ver se estava tudo de acordo. Nós, jovens médicos descolados, jovens médicos diferentes, jovens médicos jovens que andam por aí com estetoscópios pendurados e pranchetas mostrando diagnósticos extremos nem que fosse, como eram, um estetoscópio que a parte de borracha parecia uma buzina de palhaço, uma barriga falsa que ele colocou sei lá quando, e uma prancheta de madeira rabiscada segurando duas folhas lisas e inocentes como roupas brancas no varal ao sabor do vento. Cabulosos. Nada menos.

Saímos do banheiro virando todas as direitas e esquerdas em direção ao quarto do pai dele, sem cuidado de vigiar cada esquina, mas atentos aos ouvidos das paredes, conversando o pouco que sabíamos sobre sístoles e diástoles, pressão arterial, glicose no sangue, porque caso alguma mosca-morta nos ouvisse, nada teria a provar, porque já estaríamos engatados falando com aquela voz asséptica dos doutores o iídiche medicinal e todas as outras línguas babilônicas.

Na última direita, antes do corredor, um homem vestido de camisola azul vinha em nossa direção. Ele segurava um suporte de soro e, à distância, já dava para ver que a morte tinha chamado esse daí fazia tempo, mas ele não tinha ouvido.

Antes de dar meia-volta e contorná-lo, gritou:

— Ei, vocês dois.

Eu dei um pulinho, espasmo de susto, e Nestor congelou. Caminhei primeiro para fingir normalidade e Nestor me seguiu. Chegamos perto do velho para ouvir suas reclamações e ele, inocente, se dirigiu a mim primeiro.

— Vocês sabem onde está a Márcia? Vocês têm que falar com ela pra aumentar a dose de morfina, porque não tá dando pra dormir direito.

Respondi a coisa mais medicinal que o jaleco exigia, na esperança de que minha atenção o fizesse sair de lá e a gente continuasse nossa saga:

— O que o senhor tem?

— Como assim? O que todo mundo tem por aqui.

Não sei se era o r italiano de mama-rola, ou aquela pantufa cor de burro quando foge, mas essa fala me deixou de ovo virado. Como não deu certo meu tom de médico amistoso e ele deu uma de velho malcriado, fiquei ríspido e aumentei o tom de voz. Não sei se o suficiente para que ele entendesse nas minhas palavras uma ameaça.

— Acho melhor você voltar para o quarto. Essa não é a hora de resolver o problema.

Nestor suavizou:

— É troca de turno, foi o que ele quis dizer, mas pode deixar que a gente dá um jeito de aumentar a dose de morfina e regular o oxigênio para o senhor dormir confortável.

Mesmo com meu aviso e a explicação de Nestor, ele nos mediu de cima a baixo. Os outros pacientes daquela ala tinham algum câncer terminal e esse tinha síndrome de arrombado. Não que eu quisesse bater nele, mas era só um soco no meio da fuça para me deixar tranquilo.

Ao perceber os olhos de raio-x do velho varrendo nossa roupa, Nestor colocou a prancheta na frente do nome borrado na lapela e segurou sua barriga falsa. Eu, já irritado, segurei firme com uma das mãos a minha prancheta, deixando pendente, quase como um jogador de beisebol balançando o taco antes do arremesso.

Ele parou a inspeção nos nossos tênis encharcados e olhou para eles por tempo demais. Segurei mais forte a prancheta, esperando ele encher os pulmões para gritar e eu macetar sua testa. Violência é um cego jogando dardos e, uma hora, a gente é o cego; outra hora, a gente é o alvo, e isso é a vida. Azar o dele.

Sorte a nossa, no entanto. O velho ergueu as sobrancelhas, ignorou o porquê de dois médicos estarem com os tênis sujos. Mas como velho tem essa mania de perguntar qualquer coisa, ele direcionou seu olhar à sacola com refrigerantes. Nestor se antecipou:

— Paliativos. Precisamos sair e comprar uns desses para um paciente de cama.

—Só pede pra Márcia aumentar a morfina e vê se tomem cuidado com a chuva. Médico também fica gripado.

Não cheguei a rebater o velho nessa última, porque, em algum lugar dentro de mim, essa reclamação fez com que eu tomasse simpatia por ele. Mais difícil do que assumir uma postura de agradecer o universo e ficar batendo palma pro sol e dando adeus a uma vida que vai se acabando e todo mundo tá vendo, o velho se manteve inteiro. A julgar pelas pantufas, o sotaque, não consigo imaginar que ele não tenha sido um porco turrão a vida toda. Daí que, mesmo que todo mundo saiba que ele tá no bico do corvo, manter as aparências e manias com quem quer que fosse, em vez de agradecer ao universo e bater palma pro sol é uma maneira de dizer continuo o mesmo e estou aqui.

Também não agradeci o Nestor além de erguer as sobrancelhas e balançar um sim-sim com a cabeça, porque o episódio do velho fez com que a gente retomasse o caminho sem pensar muito, virando mais direitas e esquerdas até a ala dos problemas respiratórios graves. Sem correr para não zoar o disfarce, andávamos, não, marchávamos em direção ao quarto, passos certeiros, confiantes, medicinais.

Conforme a gente ia, porém, eu precisei parar para ajeitar a meia. Não que eu tivesse esquecido dela, porque não se esquece uma meia molhada e encharcada, mas de vez em quando o ser humano precisa dar uma ajeitadinha aqui e ali no calcanhar pra não incomodar tanto. Antes de virarmos outra esquerda ou direita, bem na esquina, me escorei no ombro de Nestor e coloquei o indicador entre meu calcanhar e o tênis para dar uma conferida no sistema.

Como a gente tinha ficado moscando na esquina, nem deu para ver quando outra pessoa esbarrou na gente.

As bebidas caíram no chão, graças a deus não abriram, e eu tive um tempinho entre pegar a sacola rolando nos pés de Nestor e olhar para o sapato da pessoa. Eu não imaginava que enfermeiros usavam tênis de sola alta, desses de corrida, daí demorei a perceber só pelo calçado quem era. Pra mim era tudo salto alto branco, minissaia, mas se eu parasse e pensasse melhor, entenderia que nunca tinha visto uma enfermeira de verdade, além daquilo que eu imaginava de uma enfermeira.

Verdade que, enquanto me levantava e via seu uniforme, o crachá, entendi, aquilo sim era uma pessoa que trabalhava no hospital. Sei lá o que o Nestor pensou nesse instante entre pegar a bebida que caiu no chão e falar qualquer coisa. Não pensei em nada muito bom, mas como Nestor parecia ainda congelado, qualquer resposta seria a melhor resposta. Daí soltei a primeira coisa que veio na cabeça, a primeira coisa que lembrava, que era também a desculpa dada pro velho.

— Paliativos, nessa hora o açúcar...

— Esses nutricionistas...

Interrompi com a voz um pouco mais vaga do que antes para que ela não desenvolvesse nada técnico. Era quase um tom de censura, um médico falando verdades a uma reles enfermeira. Legal-legal não era, mas isso desviaria a atenção dela para o desrespeito das minhas palavras:

— Você é a doutora..?

— Enfermeira Márcia.

— Sei bem como é. Mas todos precisamos de alegria nessa hora.

Cruzei os braços, com a minha prancheta virada pra mim, como se isso fosse um sinal de desaprovação para ver se ela parava de falar. Não que isso tenha dado certo, porque sua voz parecia se impor. Ela respondeu:

— Com moderação, evidentemente.

Nestor, recobrado do susto, emendou num tom mais severo.

— Mas, vem cá, e aquele paciente que está vagando por aí, não é responsabilidade de vocês?

— Sei, ele está acordado de novo?

— Está dando problemas. Já já ele passa pra ala dos paliativos, então pode aplicar morfina à vontade. Espero que isso não se repita.

Então é assim que os médicos se sentiam? Esse pico na veia de felicidade ao transmitir uma ordem aleatória e ver que, apesar de bufarem, as pessoas obedecem?

Aliviados, enfim, chegamos. Novamente, a cabeça de Nestor entrou primeiro, certificando que, dessa vez, não teria mais ninguém além de nós três. Entramos no quarto e seu pai dormia um sono cadavérico com o ruído das notícias sobre uma Terceira Guerra Mundial ao fundo.

Cadavérico não era a maneira mais suave de pensar no pai de Nestor, mas foi essa impressão que tive ao ouvir o barulho de bexiga furada e olhar para a cama. O respirador, os tubos e tanques de oxigênio ligados ao rosto do pai dele faziam esse chiado lento de ar saindo quando ele respirava e sua camisola enchia, murchava e enchia como um balão perdendo ar.

Tentamos não acordá-lo, nos aproximando na ponta dos pés, no sapatinho. Nestor tomou de mim a prancheta e colocou junto com a sua e a sacola de bebidas, na mesa de cabeceira ao lado. Esperamos que o pai dele acordasse apenas com a gente ali parado, como se a gente tivesse visão de calor e ele fosse sentir as cobertas pegando fogo.

Como a gente ainda não tinha visão de calor, Nestor passou a mão na testa do pai, alisando o pouco cabelo restante, que só não desmanchava porque a palma mal relava nos fios. O toque delicadíssimo foi o suficiente para que o pai de Nestor abrisse os olhos e, com uma lentidão dolorida, virasse seu pescoço para o filho e depois para mim.

Nestor, aproveitando a deixa da televisão ligada, foi se atropelando, como se, em vez de dopado em opioides e outros tranquilizantes de cavalo, seu pai estivesse ligado na TV o dia todo, feito uma beata esperando o papa na missa do galo:

— E aí, pai, você viu que vai ter a Terceira Guerra Mundial? Os EUA atacaram o general iraniano.

O pai tirou o respirador do rosto. Cada palavra saía com o esforço de um soco.

— Já mandei eles e vocês se foderem.

Eu não sabia se ele falava sério ou se brincava, mas intervi para amenizar o humor do pai de Nestor.

— Não fala assim comigo que eu nem durmo. Pelo menos a gente não vai pro exército combater nessa guerra.

— Pudera, né, duas mariconas.

Rimos os três não sei bem do quê, e o riso do pai de Nestor se transformou rapidamente em um cachorro atropelado puxando ar.

Para amenizar a tosse, Nestor devolveu a máscara do respiradouro ao pai e afofou seu travesseiro. Porém, a falta de tato fez com que o pai escorregasse alguns centímetros pelo lençol. Nestor me deu um sinal com a cabeça e entendi que ele gostaria que eu o ajudasse a devolvê-lo mais para cima. Pegamos um de cada lado embaixo das axilas e o pai de Nestor grunhiu enquanto retornávamos seu corpo à posição original.

Ufa. Nestor rasgou de novo a sacola, jogou minha latinha e, sem usar o canudo do nescau, enfiou o dedo no buraco para abri-lo, depois abriu a tampa da água com gás e colocou na frente do rosto do pai:

— Vai um gole, meu velho?

Tirou seu respirador e respondeu:

— Deixa em cima.

— Toma mesmo, não deixa esquentar. Quer um cigarrinho também?

Ele pegou a garrafa ao lado e levantou em sinal afirmativo. Brindamos os três com o que tínhamos nas mãos. O pai sorriu, e a boca aberta mostrava uns dentes a menos, gengiva cheia de pus e sangue. Um bafo de carniça se espalhou pelo quarto. Ignoramos o cheiro de merda e rimos junto com ele. Eu ainda fiz dois joinhas com os polegares, que era o gesto máximo de respeito entre um homem e outro.

Nestor apontou pra mim e, na sequência, para a porta, a deixa para que eu me encostasse ali e barrasse a entrada. Obedeci e fiquei parado contra o batente, mais como um peso de papel do que de fato um segurança, tomando minha fanta e observando os dois.

Nestor pegou uma dessas mesas de servir refeição que fica ao lado da cama e ajustou até que ela ficasse mais ou menos na altura da barriga do pai. Depois, ele abriu seu jaleco e desatou o cinto que prendia a barriga falsa. Nestor guardava no seu abdômen nada mais do que um saco com a farinha mais pura da história.

Ele colocou o saco em cima da mesinha de hospital e o conteúdo me pareceu tão branco, tão puro, diretamente contrabandeado do Himalaia colombiano, colhido por uma senhora andina, cuja cegueira tinha sido causada pelo brilho dessa neve cristalina.

Os olhos do velho, assim como os meus, pareciam verdes como o cifrão do Tio Patinhas quando Nestor deixou o saco ali bem em cima dele. Ele fez que sim com a cabeça e tirou o respiradouro de novo para falar.

— Três quartos?

— Não deu pra pegar tudo. O resto a gente teve que deixar por enquanto, porque tava chovendo. O pó de lá também é malhado, então dei preferência pra fazer tudo conforme o combinado dos horários.

O pai de Nestor deu uma piscada para o filho e apontou para o saco. Nestor pegou uma das pranchetas na mesa de cabeceira e o canudo que ele não havia usado para tomar o nescau. Com a ponta da unha, fez um rasgo na cocaína e colocou na prancheta feito duas trilhas de açúcar para formigas em uma bandeja de prata.

Com uma mão ele segurou a bandeja e estendeu o canudo. O pai pegou o canudo e apertou uma narina, inalou a carreirinha. Depois trocou a narina, inalou a outra carreira:

— Lindo. Puro.

E emendou num gesto com o indicador e o dedo do meio naquele sinal de paz e amor indo e vindo de seus lábios. Nestor entendeu:

— Quer que eu acenda?

O pai disse que sim com a cabeça e Nestor tirou o maço e o fone de ouvido do bolso de trás da calça. Antes de acender, Nestor conectou o fone no celular e passou um dos lados a seu pai. Depois de colocar o cigarro na boca, ele digitou algumas coisas na tela, mostrou ao pai e o velho fez que não com a cabeça. Nestor repetiu o gesto, digitou, escolheu e mostrou de novo a tela. O pai fez que sim com a cabeça e, só aí, Nestor acendeu o cigarro e deu um trago.

Os dois mexiam a cabeça numa dancinha tímida, mas no mesmo ritmo. Enquanto dançavam, a brasa do cigarro, como a bunda de um vagalume, piscava pelas suas mãos, e esse brilho ia de tragada em tragada iluminando o quarto. E eu até lembrei da moça da banca, do Josué, do velho, da enfermeira, de todos os irmãos no mesmo planeta Terra, engolindo essa fumaça e vendo luzes por aí.

III

Um gato para puxar pelo rabo

Parecia estranho que Juliana falasse de prazos, parcelas e juros com imobiliárias, sem nenhuma possibilidade de comprarmos uma casa. Não tinha dinheiro descendo na descarga da nossa quitinete para que, em trinta anos, 3200 reais por mês, somássemos o valor desejado para as chaves e escritura. Mesmo assim, ela insistia em financiarmos um teto, falando em precinhos, prestaçãozinha, como se o eufemismo diminuísse o valor do imóvel.

Se ela falasse só comigo desse desejo da casa própria, beleza, era só ignorar, discutir, acolher, racionalizar e todos os outros processos que um casal diz que faz quando discorda. Mas Juliana ia além e agendava data e hora de visita às casas, contando que eu teria a boa vontade de levá-la. Fazer o quê.

Naquele sábado tão de manhã que nem reclamei da falta de cortina, descontei as frustrações nos biscoitos de polvilho sem glúten de Juliana.

— Tem dias que é foda o estômago de celíaco, né. Parece alpiste.

— Para de ser chato, amor. Não estou te obrigando a comer nada.

Preferi, em vez de dizer, Juliana, você está, sim, me obrigando a comer esse bagulho caríssimo de café da manhã quando exige compramos só coisas sem glúten, terminar a mastigação do alpiste em silêncio, enquanto as notícias sobre um garoto que tinha tacado fogo no apartamento da família rolavam na televisão.

Até abri a boca para perguntar, Juliana, qual a razão de fazermos essas vistorias justo hoje, tão longe, mas fiquei quieto. Eu sabia que sua resposta viria na forma de resmungo e lembraria os pios desconexos de um papagaio no cativeiro, soltando um monte de zumbidos e interjeições e que de tão espalhafatosas podiam até arrancar penas, as próprias, sempre, e que, mesmo inofensivas, irritavam.

Mas não tinha muito o que fazer, a não ser esperar com as chaves do carro à mão, balançando, jogando pro alto e pegando, brincando com o chaveiro pra ver se tomava o café mais rápido, trocava de blusa. Amor é tolerância e tédio.

Saímos cedo, junto com um resto de neblina, margeando as curvas da serra ao lado das nuvens, como se o sol empurrasse nosso carro e esse véu de brisa morro abaixo. Como não fechávamos o vidro todo, porque embaçava, Lola riu da fumaça cristalina dentro do carro, fazendo roscas de vapor ao redor do seu biquinho. E eu esperei a passagem da luz pela janela, torcendo para que o sol iluminasse essa água condensada, o céu, seu rosto.

O rádio tocava músicas de um pendrive dela por cima do barulho da pastilha de freio. Por que toda mulher depois dos trinta gosta de Marisa Monte, Adriana Calcanhoto e Gal Costa? Não sei, mas quando a Gal dizia que já não dava mais para viver um sentimento sem sentido, era para mim que ela cantava às avessas. Sempre daria para viver um sentimento sem sentido, um trajeto sem sentido, desculpas para o lazer em dupla. Aumentei o volume no máximo e cantamos num show para dois espectadores, minha voz como o baixo do dueto, a dela, soprano ou vice-versa, eu de Gal, ela, de Tim Maia; e a gente ria e ria, invertendo e confundindo nossas vozes, ela batucando no porta-luvas e eu com o pé fundo no acelerador, a ponto de passarmos mais de uma vez pelos cascalhos de uma rua sem asfalto e pelas grades do portão indicadas como ponto de referência.

Antes de estacionarmos de frente à entrada da casa, dois homens já estavam à espera no portão. Saímos do carro e imaginei a conversa mole dos dois, eles falariam que só precisava de uma mão de tinta por cima das cores preta do portão e laranja da fachada, a hidráulica estava boa, na parte elétrica pouca revisão, olha lá, tem até um ninho de beija-flor no meio das unhas-de-gato, quando, na verdade, a única coisa boa era a confiança de que os novos compradores dessem uma pintura caprichada, refizessem a parte hidráulica, trocassem toda a fiação desse sobrado, espantassem as pombas cagando no cercado vivo, que parecia cada vez mais danificado à medida que nos aproximávamos.

Chegamos aos corretores e, antes de cumprimentá-los, olhei a casa de cima a baixo e o que eu entendia sobre as reformas necessárias deu lugar a uma ideia tão vertiginosa quanto estúpida, aquela unha-de-gato, somada à fachada laranja e ao portão preto, compunham as listras e garras de um tigre.

E por mais que eu soubesse que essas cores extravagantes e plantas traiçoeiras não passavam de arbitrariedade ou cafonice, a imagem do tigre, olhada mesmo que de relance, se impunha em um mal estar físico à frente do pensamento. E eu me via ali, ao lado de Juliana, obrigado a secar minha mão no cós da calça antes de estendê-la aos corretores.

Nos cumprimentamos todos e a segunda coisa que um deles disse, depois da primeira, que foi perguntar se tinha sido difícil achar o lugar, era que a casa estava barata pra caramba, pagaríamos sem esforço.

O gestual de Juliana me distraiu da casa-tigre. A educação afetada, com um balanço discreto de cabeça, daria a entender que éramos lordes ingleses cagando em cédulas, um menear tão comedido que, ao mesmo tempo, disfarçava a animação em ouvir que o valor cabia no nosso bolso e ainda dava uma dimensão de riqueza absurda e inexistente. Eu ria sem dentes, imitando essa polidez, disfarçando de condescendência nossa falta de grana.

E eu ria, na minha cabeça ria até mais do que deveria, depois não ria mais. Conforme eu reparava nos detalhes da ferrugem do portão e das falhas na pintura, coloquei as mãos no bolso para disfarçar a tremedeira. As lanças de ferro corroído e o laranja derretido das paredes cresciam diante dos meus olhos e inflavam como se a mandíbula de um tigre fosse abrir na nossa direção. E a sede de sangue dessas presas imaginárias irradiava através dos meus dedos, fazendo com que minhas mãos se agarrassem no fundo dos bolsos da calça para dissipar a tensão nos músculos.

Contei os segundos entre puxar e soltar o ar, e, sem desviar o foco do exercício de relaxamento, transferi o foco da respiração pausada para a boca de um deles. O de bigode longo e felino articulava sílabas pausadas indicando que reparássemos ao redor:

— É tudo arborizado, a vizinhança é boa.

Zero de árvore além da unha-de-gato, que ele, apesar do sorriso aberto, não mencionava para não deflagrar a mentira.

Pensar nessas árvores, no entanto, me devolveu à distração. Se a gente plantasse nos fundos do sobrado, se mais pessoas cultivassem amoras, se uns passarinhos ou abelhas jogassem sementes por aí, com o tempo nasceriam florestas esplêndidas dentro dos nossos corações, com buritis, jacas, maçãs, antílopes, girafas e nenhum tigre.

Eu estava tão concentrado em esquecer meu delírio com a casa que desviei minha atenção da boca de um deles para as unhas longas e negras de outro. Ele apontava para o parapeito do segundo andar e, quando viu que eu via seu gesto, disse:

— Um passarinho vem cantar na sua janela.

Tirei uma das mãos do bolso e, com a ponta do indicador e do polegar, esfreguei meus olhos. Respirei longa e pausadamente, concatenando as imagens que brotavam na minha cabeça.

Não só na minha, porque cruzei com os olhos de Juliana parados na janela. Sonhávamos juntos pela força do absurdo; nós dois e um comedouro de sabiás, um casal de tico-tico bicando o vidro, barulho gostosinho, nem tanto pedra para nos acordar assustados, nem tanto cascalho para não chamar atenção, beija-flores pedindo o pedacinho de mamão amassado que ela comia na cama. Ou uma revoada brotando ao final do outono, e que significaria um qualquer coisa de reencontro e solidez, um jenessequá de casal envelhecendo.

E essa ternura, dando asa a si mesma, se voltou para mim como outra imagem cruel, dois sabiás distraídos, parados nesse mesmo parapeito, e a sombra de uma garra acima das suas cabeças descendo inapelável através do teto, destroçando o voo antes do primeiro bater de asas. E dessa vez o medo, ainda que tivesse voltado ao estado de tremedeira, parecia discernível, mais bruto, a adrenalina primitiva de uma presa diante do predador.

Meus dentes rangiam e, para disfarçar, coloquei os lábios dentro da boca, fazendo com que eles parassem de bater. Não sei o que parecia aquela expressão, mas Juliana me repreendia com as sobrancelhas franzidas, um bico de insatisfeita, me obrigando a ser mais efusivo e fingir — ou fingir com mais força — uma empolgação. Tentei consertar e soltei a primeira piada que veio à cabeça, como se todo mundo tivesse visto a mesma coisa que eu no noticiário da manhã:

— Ainda bem que não tacaram fogo nessa casa também.

A voz saiu falha e, se não dedurou meus medos sem sentido, pareceu desanimada. Ficamos impossíveis cinco segundos em silêncio e o de bigode continuou suas explicações:

— Esse sobrado é dos anos 1970, foi a dona que projetou, depois ganhou mais dinheiro e acabou se mudando por uma questão de conforto, — ele vai falar de reforma — só precisa de uma coisinha ou duas, trocar a cor, mas de resto, tudo certo.

E me escapou uma risada de nervoso com essa besteira arquitetônica. Porém Juliana se colocou ao meu lado, me abraçando pela cintura com uma das mãos e com a outra, escondida, beliscou minha costela em uma bronca disfarçada. Dei um pulo, como se soluçasse e, com o cotovelo, afastei sua mão.

Seguido do meu riso de nervoso, forcei outro, uma tosse de cachorro velho, quase um suspiro. Juliana, sem me entender, se desfez do resto de abraço e sugeriu aos corretores:

— Vamos entrar?

Do jeito que estava tentando me recompor, nem me arrisquei a peitar Juliana e tentar entrar. De pronto, foram os três para dentro da casa e eu fiquei lá bufando feito tonto.

Voltei para o carro, meio pistola, meio triste e tentei ocupar a cabeça. Vídeos de gatinhos no celular e nuvens parecidas com foguetes e cabritos voando no céu não afastaram o fato de que Juliana tinha entrado no estômago do tigre.

Foi birra dela, sim. Se tentasse entrar naquela hora, Juliana colocaria a mão no meu peito e diria, não, você está um porre hoje. E eu falaria, Juliana, a gente não vai comprar uma casa dessas, cacete, você não entende. E ela responderia, você está sendo otário comigo, e eu ficaria emburrado ouvindo esse monte de pios desconexos que, não tendo feito mal nenhum, irritariam pela birra.

Ela birrenta e eu, egoísta. Me deparei com essa verdade, depois que, sem querer, dei partida na ignição, o carro pedindo a marcha à ré, mão no câmbio, com um barulho de liberdade difuso soando pelo escapamento. Parecia o certo, mais valia um pássaro voando do que dois mortos.

Arrependido desses movimentos involuntários, desliguei o motor e liguei o rádio do carro para amenizar a espera. Uma música do Jorge Ben, duas do Milton Nascimento, três do Chico Buarque, nada dela voltar. E minha bunda ficava em um vai e vem, formigando de impaciência, que até achei parecido com coragem esse sentimento.

Saí do banco e fiquei na frente do vectra, mãos espalmadas cobrindo o rosto para não ver o tigre. Eu não sabia se esperava o barulho do tênis de Juliana no cascalho em frente a mim, o hálito de carniça da casa, um pica-pau bicando meu ombro, ou se essas possibilidades e todas as outras criadas não seriam variações de medo e paranoia.

Mas o medo, dessa distância, era mais uma sensação magnética do que um tremor físico. Por isso, afastei meus dedos e fiquei vendo o tigre pelas frestas, as janelas de porta-balcão do andar superior como duas pálpebras arregaladas de bicho pronto para brigar. E aquilo me olhava e eu me retraía, quase deitando em cima do capô do carro.

Quase voltei para dentro, carro ligado de novo, pronto para sacrificar a integridade em nome da tranquilidade. Mas, antes de recorrer à covardia, Lola e os dois homens passaram pela janela do segundo andar. O homem de bigode estava com uma mão no meio das costas dela, quase na cintura, empurrando-a pelos cômodos, pelo que vi. E o outro carinha, logo depois dos dois, varria o ambiente com os olhos, garantindo que, enquanto o outro a arrastasse pelos cômodos, ele estaria sempre atrás dela, pronto para impedir a fuga ou atacar quem viesse.

Sem pensar muito no que tinha visto, se tinha visto o que tinha visto, tomei impulso no capô do carro e fui. Ao correr para dentro da casa, o medo, se antes parecia absurdo, depois, uma adrenalina insana e hereditária de bichos e predadores, tinha se tornado, ao relembrar as passadas dela cercada por aqueles homens maus, profético. Era isso, meu mal-estar de quando chegamos não era medo da casa, apenas uma visão de dois felinos prestes a destroçar meu passarinho, Juliana.

Corri pelo primeiro andar da casa, quase sem tempo para criticar o acabamento em gesso do forro, que, como todo mundo sabe, assim em arabesco, é ruim de limpar. Ou a ardósia, piso feio da porra. E por trás daquele sofá com o estofado rasgado, que separava a cozinha da sala, enxerguei a escada.

No corredor do andar de cima, não demorei a perceber o cômodo onde estavam os três, uma fresta de sol de uma porta semiaberta escorria na parede: bingo. Acelerei o passo perseguindo a luz, entendendo se eu iria de mansinho, para pegá-los no pulo, ou não, voadora, para ameaçá-los.

Fui de mansinho, para surpreender os dois e mostrar para eles, para ela, e, também, — por que não — para mim, que salvá-la do terror dos tigres era uma questão de coragem e estratégia, à revelia do medo e da bravata.

Ao ouvir a porta ranger, nenhum dos três se moveu além do pescoço, entretidos em risadas sabe-se lá deus do quê. Caminhei como uma senhora com osteoporose até o centro do quarto, costas curvadas, humilhado, e me coloquei ao lado de Lola, estendendo a mão a ela: a volta do cão arrependido.

Ficamos de mãos dadas enquanto os dois detalhavam as condições e valores do imóvel. O de unhas negras balançava para frente e para trás com ares de finalmente. Isso se devia ao discurso do de bigode, que, naquele momento, revelava o valor total da casa. As cifras que saíam dele brotavam em mais zeros do que a gente podia entender e, em um cálculo mental, multiplicado pelos juros de um financiamento, daria acima o valor, nem sei acima do quê, de tão altos, mas acima. Ele arrematou:

—E a vista ainda é coisa de louco.

Com as mãos frouxas, mais por desencargo de consciência, deixei Lola me conduzir à janela. Ficamos ombro a ombro, sentindo o resto de friagem do fim da manhã bater no nosso rosto.

Porradas lentas surravam um tapete na casa ao lado, e, a cada nova palmada, se levantava uma nuvem de poeira. O sol atravessava essa nuvem e a gente via dali apenas cristais de sujeira e brilho.

A vizinha nos viu observando da janela e acenou. Acenamos de volta, cada um à sua maneira. Eu respondia ao cumprimento da vizinha em uma educação protocolar, meio corpo para fora do parapeito, cotovelo colado na costela e a mão direita indo e vindo, anêmico. Juliana era mais ampla, suas duas mãos balançavam eufóricas como duas hélices de helicóptero brigando.

A euforia, porém, se transformava conforme a vizinha retornasse às pancadas no tapete. As mãos de Juliana, ainda que parecessem alegres, estavam mais para desconsoladas. Conforme a senhora do tapete não nos olhava mais, Juliana acenava por inércia ao muro das unhas-de-gato.

Acompanhei seus gestos perdidos se transformarem em olhos ruminantes. Ela se colocou ao meu lado, o queixo apoiado na mão e ficamos nós dois observando o avesso daquele muro. Dali, o laranja sem vida do reboco aparentava ainda mais desgaste, comido nas beiradas pelas plantas daninhas, amareladas por algum veneno ou falta de nutriente, prestes a se tornarem, assim como as lanças negras e suas pontas retorcidas e esburacadas, em ruína. E, sem pânico de nada, o tigre se dissolvia diante da gente, mais real, porque comum, como o gato que nunca teríamos para puxar pelo rabo.

IV

Três sets a dois

É preciso aprender a atirar.

— Limão e gelo, com adoçante. Limão em rodelas, por favor. Se puder também mudar o canal da televisão seria bacana, Josué. O Brasil feminino tá jogando no vôlei. E uma salada de agrião com palmito.

Meu garçom ficou me olhando com a caderneta na mão, a caneta batendo na espiral, esperando que eu tirasse o deles da reta e dissesse, Lola, nós não temos essas coisas aqui, você sabe.

Pedi uma coca e fiz um sorriso sem dentes para o Josué, nunca poderia ser legal mandar que o pessoal da cozinha fizesse agrião com palmito de madrugada e concordar que mudassem da reprise da luta para o vôlei. Dei um sim com a cabeça e ele compreendeu a ordem. Sozinhos, perguntei para Lola:

— Está evitando refrigerante né, filha?

— Óbvio.

Aquele silêncio gostoso.

Enquanto Josué estava trepado numa cadeira tentando mudar de canal, ouvi alguns protestos.

Virei pra ver quem falava, dois homens sentados na nossa diagonal com o uniforme de uma empresa de telefonia comiam nosso frango ao molho especial e reclamavam. Fiquei com a impressão de conhecer os caras. Josué me olhou do alto da cadeira, esperando uma indicação, um sinal dizendo a quem obedecer, a eles, ou a mim e Lola. Cruzei os braços e depois fiz um joia pra ele. Isso, garoto, que continuasse trepado no banquinho e achasse o botão do aparelho.

Como eu vi que ele não alcançava o receptor que tinha ficado dependurado atrás da TV, me levantei, fui até o cangote dele e sussurrei:

— Vê com a Dona Márcia, por favor, se o controle não está lá atrás com ela e já pede pra ela mandar as bebidas.

Os homens olharam minha conversa com o Josué e, por via das dúvidas, ajeitei a calça, jogando a fivela do cinto para a altura da barriga, tirando a camisa de dentro e deixando o volume nas costas mais aparente, nem tanto que pudesse ser visto, mas nem tão pouco que não fosse ameaça.

Voltei para Lola e me sentei ao seu lado, segurando suas mãos.

— Então, filha.

— Então o quê?

— Estou esperando.

Permaneci com as mãos em cima das mãos dela e fiquei sorrindo da mesma forma que fiz ao Josué quando pedi para ele buscar a salada, que me parecia o gesto pedante e fácil para ela pedir desculpa por ter me tirado do serviço no sábado à noite. Lola abaixou a cabeça. Vi um galo na testa dela.

— Caiu, foi?

— Caí, pai.

Reparei nos dedos, sem o anel de compromisso com o namorado.

— Não mente.

Ficamos de mãos dadas sem tocar no assunto e eu estendi meus braços como se quisesse chegar até ela. Por causa da nossa distância na mesa, ficamos num meio gesto, sem que nenhum de nós se levantasse para chegar no abraço.

O que eu ia fazer também se ela não queria falar, não dá pra ficar falando besteira e ameaçar, conta tudo sobre esse merda, filha. Se ela não quer dizer, ela não quer dizer, violência faz parte.

Ela escorregou das minhas mãos e apontou para o Josué, que tinha voltado a se trepar na cadeira:

— Acho que ele não conseguiu mudar o canal. Será que eles vão demorar com a minha salada?

— Não vão não, já já eles trazem.

— Estou com fome ainda, mas já tinha comido na casa da mãe aquela lasanha de abóbora com queijo. Sem pimenta síria.

— Ainda bem. Meu médico disse que pimenta síria acaba com casamentos.

— Larga mão de ser bobo.

Dona Márcia nos interrompeu com a bandeja, trazendo as bebidas.

Troquei o refrigerante de lugar com a água com gás para ela beber um pouco de açúcar:

— Cosquinha gelada para a senhorita.

— Besta.

Dei um sorrisão para tentar agradar, a ponto de mostrar as obturações. Normal, nessas situações, a gente faz coisas para agradar mesmo, e, agora, penso, talvez essa tenha sido a última vez que me referi a um refrigerante assim para ela: cosquinha gelada.

E ela riu, ainda bem, e já foi pegando o canudo do porta--guardanapos. Olhei os homens, quietos, parecendo sondar o ambiente, mas emendei para continuarmos numa boa:

— Não sei se tem um refrigerante tão gostoso quanto coca. Talvez porque seja a que mais detona a gente.

— Eu estava tentando parar. Mas sei lá, a partir de hoje, desisti de desistir da coca-cola.

Ela abriu a embalagem do canudo e percebi como ela fazia as mesmas coisas que eu ao tirar o papelzinho: amassava, formava uma bolinha e ficava esfarelando com os dedos e a palma da mão até formar uma esfera perfeita. Apoiei meus indicadores na mesa e juntei os polegares, como uma trave. Ela compreendeu e deu um peteleco para dentro do gol. Comemorei:

— É gol do São Paulo.

— Do Palmeiras.

— Eu fico surpreso como eduquei mal você.

Ela franziu o nariz, mostrando a língua e começou a tomar a coca. Nem bem subiam as borbulhas do canudo e ela ficava digitando sem parar no celular. De onde eu estava não dava para ler o que ela escrevia, mas parecia bastante coisa pelo tamanho das mensagens, e, pelo coração depois do nome do contato, entendi que era o namorado. Ela interrompeu a conversa no celular:

— Mas e a salada de agrião, pai?

— Lola, não tem nem dez minutos que eu pedi. Calma. Resolve suas coisas aí primeiro, já já eles trazem.

E digitava à vera. Se ela esqueceu do vôlei no outro canal, imagine do pai. Olhei para trás para checar os homens.

Aos poucos, reconheci os dois, pé de chinelo, nada demais, mas que merda. E a memória que eu tinha deles foi crescendo e eu fui ficando meio puto com a presença dos caras.

Saquei o maço de cigarro do bolso da camisa para me acalmar, seguido de uma bufada para que ela percebesse que eu queria atenção. Não sei, eu sou um cara mau. E caras maus precisam de atenção.

— Me dá o isqueiro, menina.

Lola entregou o fogo rosa-choque e demos risada. Eu poderia ter repreendido com qualquer aviso sobre fumar na adolescência, mas seria falso. Falso, porque não considerava um problema ela fumar seu cigarro, e falso porque eu já sabia: cheiro de nicotina, furo no moletom, rinite. Ofereci um para ela.

Lola colocou uma mão na frente do cigarro para tampar o vento do ventilador. Experiente.

— Só lembra de soltar a fumaça pra fora que aqui também não é bagunça. A Dona Márcia colocou essa toalha quando eu falei que ia te buscar. Você achava bonito quando era criança.

— Elas têm seu charme.

— Meu pai me ensinou a fumar com uns 12 anos, me agradece depois que te dei uns aninhos de folga.

— Na época que ele te levava para pescar e você soltava fumaça para espantar os mosquitos?

— Foi mais ou menos isso sim. Na verdade, não. Não precisa arregalar esse olho, não é bem isso que você tá pensando.

— Continua. Você pode pedir para o Josué trazer o cinzeiro?

— Batendo pra fora da janela não tem problema, depois o Josué limpa se cair alguma coisa no chão. Só não deixa cair na mesa que esse pano vermelho e branco não se acha mais. Mas enfim, eu nunca vou te falar a verdade sobre como comecei a fumar, vai que você se inspira.

— Às vezes você age como um idiota.

— Pois é, seu pai. — e apontei para a latinha de coca.

— Eu realmente estou com fome, pai.

— Você não quer uma cerveja no lugar de refrigerante ou água? Aí eu já aproveito e cobro da sua salada.

Ela sorriu. Me levantei e fui manso até Josué, que agora estava sentado na cadeira que ele tinha usado para tentar mudar de canal. Os homens pareciam ter esquecido a televisão e palitavam os dentes. Encostei no ombro dele e ele se assustou.

— Josué, deixa a TV de lado e traz aquela cerveja gelada e a cachacinha.

Nem bem dois minutos, Josué trouxe a cerveja, a cachaça e uns aperitivos que eu não pedi. Azeitona, ovo de codorna e salame. Ele fazia de sacanagem, só pode, o salame está caro, porra.

Levantei da mesa e pedi que ele me seguisse. Passamos na frente da televisão e, como os dois caras no fundo só tinham o palito na boca para se entreter, tive que ouvir uns protestos.

Gravei o rosto de cada um. Era isso mesmo. O maior deles era um maluco fino, bigode de leite com nescau, sei quem é: Nestor. O segundo, pela cara redonda, alcunha de Bolacha. Da janela do balcão para a cozinha vi a Dona Márcia mexendo no celular.

— Bonito hein Dona Marcia, trabalhar que é bom, nada. E você nem pra cobrar, Josué. Não tem uma rúcula aqui? Cadê o controle da televisão? Vocês dois não acharam nada?

— Não, Bigode, olha isso, vem cá, é coisa importante. Tô vendo esse clipe de um menino que tacou fogo na casa.

Ela foi esticando o celular e eu o afastei da minha frente.

— Que belas merda que a senhora anda vendo ein, Dona Márcia, mas e a salada?

— Sei lá.

— Sei lá, sei lá. Eu só queria um agrião, uma rúcula, Lola tá com fome.

— Olha, só tem esses alfaces aqui que sobraram do almoço. Ainda dá pra dar um jeito se apanhar bem as folhas.

— Corta em tirinhas bem finas e manda bastante com shoyu que a Lola não vai reclamar depois. O Josué vai servir pra ela e manda um chocolatinho também, desses com coco, que eu sei que ela gosta, pra dar uma reforçada.

Enquanto Dona Márcia terminava de lavar e picar a alface, eu observava os dois caras terminando a garrafa de cerveja.

Daqui até eles daria mais ou menos quinze passos contornando o balcão. Se eu pulasse por cima, uns cinco. Pela maneira como ele segurava o copo, dava para entender que Nestor era canhoto e, observando mais, tinha o dedo anelar faltando. Beleza, mas Bolacha era destro e não tirava a mão de dentro do macacão.

Pensei que ninguém seria tão estúpido a ponto de vir armado no meu restaurante. De tentar me assaltar, então, jamais.

— Josué, depois que você entregar a alface dela, volta aqui. Mas vai rápido.

Se fosse como na minha época, eu atirava de dentro da cozinha mesmo. Mas decidi que nós dois chegaríamos na boa, sem alarde.

Pedi pro Josué levar outra cerveja pra eles e fui atrás. Ele na minha frente, corpão como cobertura. Foi o tempo dele colocar a bandeja na mesa e eu contornar o pescoço do Bolacha. Levantei a bainha da camisa e deixei que os dois vissem a 9 milímetros prata com um palhaço no cabo. De onde eu estava dava para ver Lola de costas, comendo a alface. Apontei com o bico da arma em direção a ela.

— Minha filha está passando por um dia difícil. Eu sei quem vocês são.

— A gente só veio aqui tomar cerveja e falar com a Márcia.

— Não se faça de desentendido. Chega disso, Bolacha. Fica tranquilo, tamo só conversando, né.

— Eu não conheço ninguém com esse apelido.

— Eu não sou otário. Vocês tão armados, eu sei. Nem pense nisso que eu atiro, o que passou pela cabeça de vocês para virem aqui assim?

— E desde quando um homem anda sem arma?

— Desde que ele entra no estabelecimento de outro homem, Bolacha. Hierarquia, cara. Hierarquia.

Alisei meu bigode e deixei que vissem a honra ao mérito na cara do palhaço, eu disse:

— Por favor, pensa bem. Estamos nós quatro armados. Não vai pegar bem pra vocês, pro futuro de vocês em qualquer lugar, pra ela, pra todo mundo.

Lola foi ao banheiro no fundo e fiquei mais tranquilo porque, apesar dela estar acostumada comigo, é sempre uma questão de decência. Tem coisas que minha filha não precisa ver.

— Isso, mão pro alto. Vou tomar suas pistolas, mas eu devolvo, vocês ainda são novos, têm muito o que aprender. Quando minha filha sair pode pedir pro Josué chamar o Bigode. Você também, Nestor. Sem cara feia. Isso, meus meninos, entreguem pra mim. A cerveja é por conta, de pai para filhos. Sem briga.

Demos as costas, a cerveja suando na mesa, as armas deles na bandeja, como troféu. Eu nem gosto disso, de me mostrar, mas ali era uma questão simples, eu estava com a arma deles dois como punição. E quem pune, tem que mostrar autoridade, nem que pra isso signifique ficar por aí com armas rodando pelo bar.

Na cozinha, Dona Márcia ria do vídeo do menino tacando fogo no apartamento. Entramos eu e Josué, levíssimos, e a interrompi apontando pra Josué e sua bandeja.

— Mais uma vez ao resgate.

— Puta merda, de onde veio isso?

— Da cacetolândia, Dona Márcia.

Sinalizei o armário de baixo pra ele guardar as pistolas.

— Só não mexerem nas panelas do fundo daquele armário. E você, Dona Márcia, não invente de querer fazer seu trabalho e cozinhar com essas panelas.

— Dizem que quando você coloca um prego pra cozinhar dentro do feijão afasta a anemia.

— Isso, Dona Márcia, é isso que eu espero da senhora, cozinhar feijão com um revólver dentro.

Risada cúmplice: amizade é amizade e vice-versa.

Coisa boa quando acontece, chama outra. Josué achou o controle da televisão em cima da bancada, atrás do açucareiro, logo acima das panelas que, agora, escondiam os revólveres. Amém.

Saí da cozinha e já deixei no vôlei. Final do último set. Dois a dois. Nestor e Bolacha quietos, cabisbaixos, eu diria até, pensativos, só na cervejinha de cortesia. Lola tinha apagado outra bituca e acabado com a alface, os ovinhos e o salame. Fase de crescimento nunca para, pensei. Me sentei e disse para ela:

— Parece que o Brasil está ganhando.

— Eu preciso de um favor seu.

— Tinha uma época que a gente sentava aqui e ficava tentando adivinhar a cor do próximo carro que ia passar. Aposto que vai ser vermelho.

— É sério, pai.

— Sério quanto? Não me interessa saber o que ele fez.

— Pensei que eu podia pegar os cachorros dele, envenenar e deixar debaixo do lençol quando ele não estivesse em casa. Pode ser também chumbinho, coloca dentro da linguiça e lança dentro da casa dele. Bater um prego na unha, qualquer coisa assim. Ou só me emprestar sua arma, sei lá.

— Tenha modos, você não quer fazer isso.

— Eu quero, pai. O que eu preciso fazer para te provar que eu sou adulta?

— Arranha o carro dele, joga merda na janela da vó. Eu não gosto dele. Mas se é só ameaçar, não precisa de muito, você não quer traumatizar o cara e se traumatizar.

— Tudo bem, desculpa. Mas eu quero fazer alguma coisa. Eu acho que eu preciso. Você nem precisa participar, na verdade, se não quiser.

— Não? Você tem certeza? Se quiser eu dou um jeito.

— Estou nervosa, mas acho que eu consigo fazer isso sozinha.

— Não vai fazer besteira.

— É só um susto.

— Quase dezoito é uma vida no fim das contas. Eu confio em você, mas você precisa ficar tranquila.

— Eu vou me acalmar. Você sabe que é importante se defender..

— Não sei se eu queria que fosse assim.

— Eu sou uma mulher.

— Quase uma mulher. Assim como eu sou quase um idoso.

— Nem só pela ameaça, eu preciso disso pra mim mesma.

— Um dia talvez você se arrependa.

— Ou não. Cada um vai fazer o uso que der, pai. Eu sei que você não gosta da ideia, mas é só uma ameaça.

Ela tem razão. Levanto a camisa e dou minha pistola pra ela, a valiosa. Que ela faça bom uso, outro uso, se possível. No fim, acho que é isso mesmo: é preciso aprender a atirar.

V

Caubói, caubóis

As montanhas no deserto daquele pôster pareciam as pernas de um cara pelado e a vegetação rala, os pelos na canela; o pico de uma das montanhas, os joelhos, e a extensão de um monte, a extensão da própria coxa. E o pau desse corpo encoberto não estava na natureza, mas na cintura de um caubói, poncho aberto, quadril estático, a pistola à mostra com as linhas da cintura misturadas ao horizonte.

Um discurso, como um apito de trem cruzando a paisagem, me desconcentrou do pôster.

— ... a gente tem que ligar pra eles, dar um incentivo pra que eles venham até aqui e nos poupem de ficar cobrando.

— É.

— Se a gente liberar mais canais de graça quando eles vierem, algo assim, mais novela no lugar de filme. Um Dia de Domingo, ou aquele drama lá, Um Gato Para Puxar Pelo Rabo, pode ser bom.

— Sim.

Falei é, falei sim, mas poderia ter dito não, sei lá, a verdade é que ouvia necas da conversa de Nestor.

— Ê, caralho, você tá prestando atenção?

— Tô sim. Tá doido?

— É só entrar no nosso e-mail que eu criei uma planilha com os nomes e números das pessoas que a gente tem que cobrar.

— Você sabia que smack, o barulho de beijo da turma da mônica, vem da gíria húngara para heroína, smuck?

— Por favor, Bolacha. Começa agora.

— Agora, agora? Precisa mesmo? Suave.

Ninguém manda em mim, falei baixinho comigo mesmo, e fui para minha baia, batendo os pés, militar, puto. Meio puto, na verdade. Era mais por orgulho que eu ficava nesse vai e vem de marcha soldado cabeça de papel, quanto mais disperso e preguiçoso, muito mais birrentos meus passos.

Somos frases de efeito ambulantes sobre atirar em pessoas, cheguei a essa conclusão enquanto abria a planilha com as informações de cobrança. Éramos isso, dois traficantes se movendo pelas sombras com a esperança de que o grito de ameaça já fosse a própria ameaça, os braços cruzados no capô do vectra, a pistola no coldre e o palito de dentes no canto da boca suficientes para amedrontar os outros.

Não somos homens de ficar anotando números de telefone em computadores, telemarketing do crime oferecendo um pacote de gato-net para diluir a dívida deles conosco, somos caubóis, caubóis! Era isso que eu deveria ter dito quando Nestor me pediu esse trampo de cornélius maximus.

Mas né, também não queria dar uma de mau companheiro. Daí fiz o que dava em frente àquele monte de dados: apertei CTRL+F e fechei o olho. Digitei a primeira letra ao acaso, abri o olho, M, deixei meus dedos como pêndulos sobre as vogais, o indicador parou na letra A. Cliquei. Primeiro nome: Márcia. Ignorei as colunas de endereço e me apressei em ligar para ela.

As sombras curtas vindas das luzes em cima das nossas cabeças se espalhavam pelo chão. Essa noitinha era a hora propícia para ligações, depois do fim do expediente desses homens comuns e começo do nosso, hora em que os devedores, satisfeitos com o jantar, dizem, alô, querido, sim, claro, tenho seu dinheiro, passo aí amanhã cedo, será ótimo se a gente diluir o valor na mensalidade da TV a cabo, e, depois, se alongam conversas sobre nadas em geral — futebol, tempo, família — tentativas amenas de parecermos amigos, que é o que todo mundo faz quando deve dinheiro para os homens fora da lei.

Ou não, horas de sombras longas, que encurtam os telefonemas em coisas sérias, dizendo não precisa ser assim, tenham calma conosco, orçamento apertou, não podemos te dar todo esse dinheiro pros caras, os juros, a inflação, uma gravidez inesperada, um carrro que bateu no muro, etc. E eu diria, pode ser, vamos pensar, sublinhando no meu tom rouco de caubói, na verdade, o aumento do valor da dívida e muito mais, a gente falaria para eles pararem de dar droga pra vagabundo e, que, enfim, era pagamento imediato, se não, vala. Ou, a depender do perfil de quem era cobrado, ouvir os segundos de silêncio e pressentir a garganta engolindo seco.

Enfim, horas toscas das sombras irem e virem sem rumo.

Tocou uma, tocou duas, e nada de Márcia.

Na enésima ligação, entediado, falei alto, para tirar a concentração de Nestor da sua baia:

— Precisamos ser mais efetivos. Às vezes o público precisa de um chacoalhão, surpresa.

— Ahn? É, pode ser, eu imagino que você tenha um plano.

Não tinha, mas tinha fé na ligação de uma palavra puxando a outra. Uma sílaba se juntaria a uma vogal de tal forma que uma sentença, um conceito, um plano sairiam de mim enquanto eu falasse. E esse plano se resumiria a uma ação desmedida e eficiente, cobrar nosso dinheiro na base do medo, carros e armas: foda-se.

Me levantei e, sabendo que Nestor tinha virado sua cadeira para me olhar, fui me aproximando dele, coçando a barba, ação que eu imaginava que ele imaginava para homens inteligentes, mas despretensiosos. Assertivos, mas calmos.

Coloquei minha mão no dorso da sua cadeira e pedi:

— Fica virado e fecha os olhos.

— Jesus, Bolacha. Por quê?

Sem responder, girei a cadeira dele de costas para mim e pus uma mão espalmada no topo da sua cabeleira, como se psicografasse. Com a outra mão, meti dois dedos na minha testa, para-raio mediúnico. Os pelos dele se eriçaram com todos os espíritos que atravessavam dos dedos na minha testa, passavam pela minha caixa torácica e viravam eletricidade nos poros do braço dele. As palavras foram saindo de mim:

— Mentalize uma cliente, uma só.

— Que que tem?

— Pense nela como num chamado.

— Tá bom. — fechou os olhos — Uma loira.

— Estou vendo uma morena. Uma enfermeira num hospital. Uma mãe chorando pelo seu filho morto.

— Tá bom, eu vejo apenas a enfermeira no hospital. O que isso significa?

— Ação estratégica. É isso que os espíritos me dizem. Vamos lá, continue respondendo: alta ou baixa?

— Mediana.

— Baixa, isso, baixa. Vejo um nome: Márcia.

— O que tem?

— E se, em vez da gente ficar no telefone, a gente só focasse numa pessoa, uma tal de Márcia. Ir atrás dela sem ficar de quas-quas-quas. E ela serviria de exemplo, teste.

— Olha, se a gente for na manha, nada contra. Mas você ligou mesmo pra ela?

— Sim, e ela não atendeu. Acho inclusive que a gente deveria ir direto para a casa dela.

Ele fez a pose de Pensador dobrado na cadeira e depois, como se saísse de um casulo na cabeça dele, fez uma arminha com o dedo na minha direção, o indicador descarregando as doze balas do pente como sinal de concordância a essa minha ideia brilhante. E adicionou coisas ainda por cima:

— Não, primeiro a gente vai onde ela trabalha, sondar o terreno, paciência.

— A gente?

— Vamos nós dois, melhor. É só pegar os endereços naquela lista, e vamos no trabalho, depois, se precisar, para a casa dela.

— Não sei, tenho meu jeito de trabalhar, você tem o seu. Fica tranquilo, não precisa ir.

— A gente passa no trabalho dela nós dois. Sem surpresas, um cobre o outro.

— Eu prefiro trabalhar sozinho.

— Se for restaurante ou boteco onde ela fica, eu pago uma cerveja hoje, quando a gente for.

— Você está querendo me comprar.

— Vamos juntos, sem estresse. Faz o seguinte, eu anoto então. E, além do mais, se ela não tiver lá ou não der certo, é só passar na casa dela depois, ou vai pra outro lugar. Sem estresse.

Beleza. Achei estranha essa vontade repentina de Nestor de estar comigo, mas nem tchum. Voltei para o meu canto e até ensaiei um pé na mesa, folgado, enquanto ele, proativo, anotava os endereços de Márcia, mas achei que seria deboche demais e preferi abrir o Paciência para passar o tempo.

O joia dele esticado para o alto interrompeu minha cascata de cartas da vitória. Sem tirar os olhos da tela, perguntei:

— É um bar, qual a boa?

— Restaurante meio faz tudo.

— Onde é?

Antes de responder, ele demorou meio segundo para terminar de anotar os endereços de Márcia, jogando o pedaço de papel contra a luz, como se checasse uma evidência forense. Sem tirar o bilhete da lâmpada, ele falou, dando um tom de grande conclusão de um caso de assassinato, sei lá.

— Pelo endereço pode ficar feia a situação pro nosso lado se a gente for cobrar. Não sei se vai virar da gente ir hoje.

— Você mesmo sugeriu.

— Eu sei, mas e se a gente fosse direto pra casa dela. Nós dois.

— Tá tirando? E a cerveja?

— Depois eu pago. Não sei se vai dar bom lá.

Segurei o botão de desligar do computador e me levantei na direção dele, como se não tivesse ouvido nada desse papo cagão. Somos ou não somos máquinas ambulantes de atirar em pessoas, hein, porra. Falei pra ele, já de pé, pronto pra sair.

— Mesmo que seja em território inimigo, é aquela parábola, todo dia, um malandro e um otário saem de casa e se encontram.

— O que isso tem a ver?

— Quando você fala assim, parece o otário. Não importa onde é, a gente vai atrás. Não é isso que a gente quer?

— Não é só isso que a gente quer. Não precisa correr com nada, se a intenção é a mesma, por que não refazer o plano e ir pra casa dela direto?

— E outra, como a gente vai entrar na casa dela? Não vai ser dando flores pro porteiro.

— Tocaia. Simples. Ou melhor, eu conheço um cara que conhece um cara que talvez consiga subornar porteiros.

— Até você acionar não sei quem, a gente já tomou nossa cerveja.

Ele fez um bico, desfez o bico e me deu razão. Mas não sem antes inventar qualquer coisa.

— Vamos em dois carros, então. Vai que a gente precisa despistar alguém. Melhor. Mas é só pra tomar a cerveja, não se anima, ver se ela é morena, baixinha, identificar o terreno. Depois a gente avança.

Cheguei ao lado dele e tomei o bilhete da sua mão, contrariado. Li os dois endereços, com atenção suficiente para perceber tudo lá, em ordem: trabalho e casa, com nome de rua, número do bloco e tudo.

Meu olho ficou parado no s de casa, redondo, caprichado, meticuloso. Pensei em fazer graça, que pessoa capricharia assim num bilhete de trabalho, mas a graça sairia atrapalhada. A verdade é que fiquei perdido, porque a letra e sua cinturinha se insinuavam na frente dos meus olhos.

Joguei o bilhete amassado na testa dele para disfarçar meus pensamentos intrusivos. Nem bem quicou na têmpora, Nestor pegou o papel ainda no ar, e, desamassando sua mensagem cifrada, dobrou em quatro e enfiou no bolso da calça.

Com meu vectra eu seguia o gol caixa de Nestor, como se eu fosse puxado por um guincho invisível, e, ao pararmos no semáforo, ele apontou para mim e passou o indicador em torno da garganta.

Que eu sabia que era brincadeira, isso é óbvio, mas vendo o dedo de ceifador sinistro, me deu uma gelada na espinha, desses faniquitos duvidosos, se esse restaurante seria o correto, se ele não teria errado os endereços ao pesquisar, se eu não tinha sido desatento por não ter pesquisado o local.

Nada: a cerveja era gelada e o frango, com batatas. A gela veio trincando, mas a refeição poderia ter sido mais engraçadinha, mais bem temperada. Não era uma puta sobrecoxa suculenta, senti falta do coentro e ele, de pimentão. Também achei que eles colocaram água demais para cozinhar na panela de pressão com o frango, o que não faz sentido, o mais gostoso, como todo mundo sabe, é fazer o ensopado só na base dos tomates e cebolas. A quantidade de tomates e cebolas depende do tamanho e das peças usadas, além do gosto, claro. O tomate cortado em quatro, rústico. A cebola, cortada em quatro, também rústica. Tomate e cebola se desfazem e servem de água para cozinhar a coxa, asa, o pé, e toma pimentão, coentro, cheiro verde, colorau, pimenta-do-reino, batata. O resultado, além do sabor, é estético: a pele do frango fica sem essa cara de fimose.

Entre um brinde e outro, enquanto palitávamos os dentes, ouvimos um prestenção, Márcia.

Tirei o cabelo ao redor das orelhas e empinei os ouvidos para a cozinha. Estiquei o pescoço e vi um cara falar com uma mulher de touca na cozinha. Nem baixa, nem alta, morena, pelo que dava para ver através da rede do cabelo. Pela faca na mão dela somada ao avental, entendi que Márcia era a cozinheira do lugar.

Deixei escapar uma risadinha frouxa, porque a identidade confirmada atestava que estávamos no lugar certo, que minha previsão mediúnica estava alinhada e mais, que os endereços anotados eram esses mesmo e que Nestor não tinha me enganado. Estávamos no lugar certo, isso mesmo, não em um restaurante quase vazio, comentando sobre os temperos do jantar, brindando isso aí que a gente entendia como amizade.

Nestor perguntou por que eu tinha fechado a cara de repente, talvez fosse a malícia da cerveja na corrente sanguínea multiplicando maus pressentimentos. Sendo ela a cozinheira, fiquei mais quieto, lambendo os beiços, procurando no insosso daquele frango algum sinal de veneno. Se ela tivesse visto a gente, esse retrogosto de pau dormido do frango poderia ser o resultado de chumbinho, baygon aplicado ali na hora para nos matar.

Fosse esse frango cheio de veneno ou não, a cobrança aconteceria, porque não somos homens de deixar barato. Mas a hora certa de apontar o cano na cara dela não parecia aquela, seu chefe estava lá. Então não daria para invadir a cozinha e dizer, cacete, Márcia, paga a cocaína dos caras, e ela, já tendo visto a gente, apontaria duas pistolas gêmeas para o meu peito, perguntando, pagar o quê, enquanto seu chefe e o garçom cercavam nossas pretensões com suas kalashnikovs bem armadas, e Nestor me olharia com uma expressão de eu te avisei para não ser brusco, e eu ficaria encabulado, triste, e, no fim, a gente não ganharia nada com isso e as palavras a serem ditas com sangue não passariam de dois comparsas humilhados. Tava foda.

Enquanto eu observava a melhor maneira da gente executar a estratégia, o chefe dela nos antecipou. O cara veio à nossa mesa, simplório, e implorou por algo genérico como a paz entre os povos, acentuando um pelo amor por deus para que a gente não fizesse nada, porque a gente não sabia o que ele estava passando em casa para pagar as contas, e que ele estava tendo um dia difícil. Esse discurso não me comoveu e pensei em me antecipar a qualquer movimento mais selvagem, quebrar a cara dele na porrada sincera. Até fiquei corado com minhas ideias, imagina. E Nestor percebendo minhas bochechas rosas, colocou a mão no meu braço e balançou a cabeça em negativa, me esfriando antes que a pressão estourasse.

No fim, mais calmo, quando concordamos que a violência não era a solução para os problemas do mundo, mas toda a razão do mundo, o chefe dela nos deu mais cerveja e ficamos sossegados. Que seja o happy hour da firma então.

Na hora de pagar a conta, Nestor se interpôs e pagou tudo. És um cavalheiro, milorde, um príncipe das montanhas dos Alpes, convidaste, pagaste. Amém.

Antes de seguirmos para a parte dois da estratégia, parados que estávamos na frente dos nossos carros, perguntei a Nestor, como se falasse de Márcia:

— E aí, vamos?

— Tô no meu tempo. Acho que eu vou embora. Mas você tinha que ir lá sozinho mesmo.

— São os gases desse frango, da cerveja?

— Só acho que a gente tem que pensar melhor em tudo. Me fala depois se deu certo.

— Pensar no quê? Estava tudo lindo pra gente.

Ele coçou a cabeça, ameaçou dizer alguma coisa, mas cagão que era, tirou o bilhete dobrado do bolso da calça e, antes dele me entregar, tomei da mão dele e falei:

— E não quero ajuda sua pra porra nenhuma, esquece essas merda de comprar o porteiro. Eu dou um jeito sozinho. E você ainda tinha insistido para gente fazer tudo junto.

Não sabia os motivos, estava confuso, queria briga, o peito estufou, então você vai foder comigo, pensei sem razão, enquanto ele entrava no carro.

Entendi que ele era um cagão, que ele não tinha compromisso com o profissionalismo, que ele tinha sugerido irmos nós dois juntos ao apartamento dela para que eu me arriscasse em uma missão suicida, e outros tantos que-que-quês, que me subiam como uma vontade de falar besteiras pra ele.

E imagine, era ele quem tinha falado para irmos na casa dela primeiro. Por isso os homens fora-da-lei trabalham sozinhos, para evitar decepções quando um parceiro dá com a mão um tchauzinho de miss, naquela arrogância de quem não briga, porque se acha superior às besteiras.

Antes de arrancar com o vectra, enquanto o perfil de Nestor e seu gol caixa saíam pelo horizonte, ajeitei meu retrovisor para mim e sussurrei para o espelho, filho da puta, esperando que o carro entendesse que a partir dali seríamos só nós três, eu, ele e a arma do porta-luvas. Caubói, cavalo e draga. E a ira vinha atrás igual cadela no cio.

Em que pese o fato de que dei com o carro no meio-fio para estacionar, levantando aquela água de córrego, rente à boca de lobo, fiquei feliz que nenhum vampiro da madrugada me viu, e, mais ainda, com a vaguinha achada, perto o suficiente dos prédios do conjunto anotado por Nestor, onde Márcia morava, aparentemente.

Perto, porque eu estava na mesma calçada, daí quando passasse uma pessoa pelo carro, daria tempo de acompanhá-la, e eu daria bom dia, boa noite, imitando familiaridade de vizinhos, caminhando ao seu lado até entrarmos ou, se saísse muito depois da pessoa passar por mim, deixaria o morador ganhar distância e, ao final do percurso, daria uma corridinha de guentaê, metendo a mão na grade, obrigado, amiga, ufa, não demos trabalho ao porteiro de abrir duas vezes.

Perto, porque, dando errado essa abordagem mais suave, eu precisaria de agilidade ao abordar um porteiro antes dele entrar no conjunto pra troca de turno, chegando no cangote muito rápido, antes do raio da câmera. E falar, bonsuá, Josué, a Márcia está, e ele responder, afônico, meu nome não é Josué, e eu gritar, é, sim, e encostar o cano embaixo do diafragma.

Esse segundo gesto de aproximação, porém, era mal-calculado, um improviso. Apesar de eu gostar de táticas diretas, me parecia uma abordagem mais absurda, suicida.

Que amargura, Jesus. Se a gente estivesse em dois, era o oposto, rendia o primeiro, rendia o segundo, bala em um terceiro, bala na Márcia, fuga no vectra, simples. Ou, mais simples ainda, Nestor teria subornado e passaríamos pela entrada com tapete vermelho estendido.

Esse era o resultado da falta de companhia, eu sentado, observando a distância para o portão, a ausência projetando o plano perfeito: em dupla, seríamos perigosos como o caubói do pôster, eficientes como cobradores de dívidas, impiedosos com Márcia e implacáveis com os porteiros.

Mas se aquele lugar não fosse o lugar certo e Nestor tivesse me conduzido ao abismo, por qualquer motivo estranho? Até pensei em deixar para outro dia, voltar lá com ele outra hora para garantir a procedência, mas já tinha ido longe a ponto de confirmar que foguete não tem ré. Além disso, por mais que ele tivesse me abandonado sozinho ao relento, eu confiava nele como um ex-marido confia que a ex-mulher vai levar a criança à escola. Podia até falar mal, xingar, mas não deixaria de cumprir o acordo com o laço em comum, um filho e, nesse caso, uma amizade. Se eu fosse um pai levando o rebento à escola, talvez a gente tivesse problemas com o oficial de justiça, o conselho tutelar, ou outras tramoias, mas como não era, dava para confiar que estávamos no lugar certo.

Essas besteiras consumiam meus fusíveis na madrugada e as sinapses iam, aos poucos, ficando mais desconexas. Tentei ficar acordado, mas os olhos acompanhavam as fagulhas de sinapses, se apagando aos poucos, em piscadelas, resistindo conforme a última figura aparecesse iluminada na minha cabeça: Nestor.

Cochilei sonhos de perturbado, em que ele queimava uma casa toda atrás de mim, como um filho em busca do pai e que encontra nas chamas uma resposta para uma pergunta que nem ele entendia.

Saindo da cortina de fumaça, acordei no fim da madrugada com uma mensagem do Nestor perguntando onde eu estava, respondi para ele, virou meu namorado agora, e rolei no banco do motorista na tentativa de recuperar o sono, mas o celular vibrou com outra mensagem. Abri um olho e li, é sério, porra. Digitei e apaguei a pergunta se, por acaso, ele tinha como dar um jeito no porteiro. Apertei mais forte os olhos, tentando retomar o sono, onde estará esse homem dos meus sonhos, me iludindo que olhos fechados deixariam a pálpebra mais densa.

Sem conseguir dormir com essa primeira claridade, pensativo com as mensagens dele e jogado de volta ao mundo, a contragosto, respondi, o que você quer? Ele me escreveu, vá até a Márcia daqui a pouco, mas na boa. Ainda completou: não se estressa com nada.

Nestor tirou da bunda esse arroubo de preocupação, só podia. A vida era engraçada às vezes, ele recusou minha companhia e agora queria regular a hora da invasão à casa de Márcia. Coloca uma dentadura no cu e ri para o caralho, né.

Dessa vez eu teria razão se despejasse um monte de que-que-quê, mas, assim como ele me deu um adeus morno ao arrancar com o gol, respondi com uma mensagem no mesmo tom: tô no meu tempo.

Sozinho com o vectra, eu era um só com a máquina: o vigia supremo a observar o capô e o orvalho das primeiras horas da manhã formando uma casquinha de água na superfície do metal. Saí do carro e, quando dei por mim, escrevia com a ponta dos dedos o nome de Márcia e Nestor no capô do vectra.

Era o auge do tédio, ninguém vinha, ninguém ia. Cansado desse nada pra fazer, resolvi aperfeiçoar o plano e medir a distância do carro até a casa dela: trezentos e quarenta e três metros de onde estava até o portão do conjunto.

É foda, precisão é efeito e eu não tinha uma trena. Mas chutei o tamanho da passada humana, cerca de setenta centímetros, um pouco mais, um pouco menos, mas é o que matemáticos usam. Como Márcia me pareceu mediana no restaurante, calculei mais ou menos o tamanho de três quartos de um Nestor para um passo dela.

Caminhei me equilibrando na calçada como numa corda-bamba, encolhendo os passos para que o percurso do carro até a entrada na portaria fosse o mais exato possível: cento e vinte passos a frente, linha reta.

Cento e vinte passos para trás, de volta ao carro, me dobrei no banco do motorista para tentar recuperar o resto de sono. Sem aviso, senti um tijolo de merda fervendo no abdômen, a realização de Márcia, o presságio do lá se vai um par de meias.

A dor de merda pegando fogo, da fimose do frango viva na barriga, me fez correr até a primeira boca de lobo.

Enquanto estava de cócoras, a trolha pendurada na bunda, naquelas de cai-cai balão, ofeguei, até ouvir o thcuplec no esgoto. Enquanto fazia mentalmente o caminho da merda no esgoto, me conformei que Márcia talvez não pagasse o que nos devia, e que a vida era assim, postergar o dinheiro das drogas, comer frango ao molho, cagar na rua. E isso podia ser bom, podia ser ruim, ou podia não ser nada.

Para minha surpresa, ao passar a meia no cu, descobri que tinha saído aquela merda lisa, de uma lambida de mão e já era. Alívio de se limpar com apenas uma das meias. A vida podia ser boa.

Me levantando, chacoalhei a bunda para a rua como se o sereno e o orvalho das cinco da manhã garantissem a limpeza. Voltei pro carro fiscalizando ao redor, olhando se alguma câmera tinha visto essa cena. Enquanto me acomodava de novo dentro do carro, bateu um arrependimento de não ter ficado no escritório ligando até ela atender, esquema moderno, avant la lettre.

Capaz que, se desse certo esse tipo de cobrança franca, batendo na casa das pessoas e os caraio, essa não seria a última invasão. Eu teria que cobrar mais gente, entrar em outras casas, apartamentos, bibocas em geral, coisas desnecessárias se eu fosse advogado, que é a mesma coisa que esse nosso trampo terceirizado de cobrador, só que usa terno e fala em vade mecum. Ou a variante disso, o disfarce de corretores de imóveis em uma dimensão paralela para lavar dinheiro de algum esquema. Muito mais simples essa vida em comparação com arrombar a casa de alguém.

E o pensamento de que eu poderia ainda invadir outros lugares além desse trouxe uma sensação explosiva, como se eu fosse capaz de ver todas as milhares de caminhadas furtivas, esgueirando paredes, entrando outras vezes na casa de alguém, cobranças repetidas à exaustão. E, ao entrar nesses lugares privados, no limite do escuro, atirar sem mirar, torcendo para o tiro pegar em alguma parte digna, nem tão letal que fosse morte, nem tão raspão que permanecesse de pé. Trabalhar pensando nessas besteiras é uma bosta: voltei para a boca de lobo.

Por cristo, eu tinha guardado a outra meia no bolso, nunca se sabe quando a merda caindo não será das lisas e sim o gêiser em combustão da diarreia, que suja menos que merdas pastosas, mas se não faz tanta sujeira assim, a pressão no abdômen equilibra as coisas em sofrimento. Tanto que até me desequilibrei e tive que me segurar ao meio-fio quando enfiei o rabo de novo na boca de lobo.

Ufa. Esperei qualquer meia hora até restabelecer a flora intestinal e carreguei o pente. Nem tanto por confiança no plano, mas porque julguei que já tinha sofrido muito para não ter resultado algum. Mesmo que estivesse ali, à deriva em direção à casa dela, esperando a passagem de qualquer pessoa à portaria, como um carro sem freio em direção ao muro, era melhor do que nada.

A redução de danos trabalha com aquilo que é, não com o que pode ser. Já menos catatônico, surgiu um cara abraçado com um pacote de jornais em direção aos prédios. Não era o ideal, se eu entrasse com um morador eu falaria sobre o tempo, futebol, dinheiro, violência e assim quando desse bom dia ao porteiro, já estaria estabelecido o status de vizinho, amigo, parente de alguém. Mas um homem de capacete de moto entregando revistas, depois de eu ter me cagado na rua, sozinho, era o que era: o suficiente. Mandei mensagem pro Nestor e disse, estou entrando, de imediato, ele respondeu, vai rápido.

Tirei do bolso o bilhete dobrado com o endereço e olhei mais uma vez para a letra caprichada de Nestor e, decorado o número do apartamento, bloco, rasguei o papel e joguei no córrego ao lado da calçada. A água levou o papel picado para a boca de lobo e isso me pareceu poético.

Esperei o porteiro abrir para o motoboy e saí do carro pela porta do passageiro, imaginando que isso preveniria que se ele visse o vectra estacionado, relacionasse o carro a mim.

O motoboy entregou a encomenda para o porteiro e eu me esgueirei entre os dois, fazendo cara de sonso, cheio dos com licenças, bochecha larga e sem dentes, simpático, sem ser efusivo.

O porteiro me olhou. Antecipei:

— Josué, chaveiro.

Fiquei com as mãos para trás, sentindo o volume na cinta, e, antes que botasse o chumbo pra cuspir, ele assentiu.

Assentiu, porque minha fala, bem no momento da entrega do pacote ao porteiro, era confusa e genérica na medida: Josué, chaveiro.

Poderia ser meu nome sendo dado a ele, olá, sou o senhor Josué, o chaveiro, vim arrumar a casa de alguém, porta arrebentada, chave esquecida no console, enfim, um serviço de comecinho da manhã que exigiria entrada imediata sem confirmação.

Ou eu poderia ser um morador dessas cinco torres que, sonado, tinha se esquecido a identidade do porteiro e dizia o primeiro nome que vinha na cabeça, Josué, e estava avisando, se desculpando de uma passada no chaveiro por conta de algum incidente que ele julgava sabido por todos, mas era tão particular e insignificante, que não poderia ser nada além de paranoia.

Outra possibilidade, ainda que mais difícil, era de um Josué, morador, que, em uma noite tórrida de sacanagem, ou esquecimento no balcão do boteco, deixou as chaves por engano em alguma birosca, e minha entrada diria, vou ao Josué entregar seu chaveiro.

Também tinha aquela ideia, ainda que remota, passada, que tudo o que eu tinha feito era em vão, porque o Nestor já tinha tudo acertado com a organização mundial de porteiros.

Enfim, maneiras.

Segui as placas que indicavam a numeração ímpar e a torre que eu lembrava do bilhete. Entrei no elevador e me olhei no espelho. Queria dizer que eu estava parecido fisicamente com aquele caubói do pôster do escritório, salvo este estômago alto e falta de meias, mas não estava.

Não em um sentido óbvio, pelo menos: semelhança também é espiritual. Mudei o revólver para a frente e soltando um pouco a camisa para que o volume ficasse aparente, fiz também com o quadril a mesma pose do caubói, as linhas da cintura misturadas ao horizonte de espelhos do elevador.

Vou sempre estranhar luzes acendendo quando saio do elevador. Olhei para a esquerda, para a direita e escaneei as portas à frente, seis por andar. Dei um palpite, a casa de Márcia, casa de viciada, não teria um capacho, estreitando para duas as opções. Segui a esquerda, desafiando o universo: número certo. Meti a mão na maçaneta, de praxe, para me certificar que usaria a força pra arrebentar, mas a dobradiça se abriu em um horizonte escuro.

Dentro do apartamento, saquei a pistola e, fechando a porta atrás de mim, fiquei com as costas no batente, com a mira indecisa entre um sofá, uma televisão ou um corredor.

Alguém acendeu um interruptor enquanto eu vacilava entre o sofá e o corredor e, sem pensar, disparei dois tiros para o alto, de ameaça. Emendado ao segundo estampido, uma voz gritou:

— Ê, caralho, presta atenção.

Do fundo, lá no escuro, Nestor espanava um teco de gesso do forro que tinha caído na sua franja, na blusa. Seus dedos desciam do cabelo para os ombros até a cintura aberta. Nestor tirou o revólver da cinta e assoprou seu cabo para tirar o que tinha caído ali também.

Ainda limpando a arma, ele passou os dedos pelo resto de poeira do cabo, as unhas esfarelando os vincos sujos do tambor e eu não sabia se todo esse gesto parecia lerdo demais ou o movimento seguinte de mirar o revólver em mim é que era devagar, confirmando a besteira que é o tempo passando em câmera lenta antes da morte, ou ainda, se era a esperança de ficarmos vivos que deixava o mundo parado.

E a adrenalina que eu sentia vendo Nestor com a arma apontada para mim, em vez de explosão de tiros e gritos e questões sobre onde estávamos, onde estava a Márcia, se tornou um pingo de medo na testa.

Limpei a gota de suor, e olhei de novo para o rosto de Nestor. Sua respiração tensa era a minha, disputando o mesmo oxigênio, cada movimento do diafragma decisivo, quem estabilizasse primeiro a mira cuspiria chumbo no outro até descarregar tudo o que a gente tinha para dizer.

Nestor abaixou sua arma e soltou todo o ar guardado. Estranhei e, sem baixar a guarda, travei ainda mais meu foco, esperando qualquer surpresa daquele canalha.

Ele deixou o berro no chão e ergueu os braços. As sobrancelhas que, há pouco, estavam franzidas, putas, se ergueram e abaixaram, relaxadas. Seu maxilar rígido se abriu em um sorriso, e a boca, cuspindo um resto de poeira, articulou uma pergunta, que, até então, eu não tinha elaborado:

— Você também gosta de mim?

Andei até ele com a minha arma em punho, como se a minha desconfiança me prevenisse de um tropeço no próprio cadarço. Antes de cair, Nestor me amparou e, no mesmo movimento, colocou minhas bochechas contra o seu peito. Suas mãos faziam carinho bem onde o cabelo terminava e começava minha nuca. Sei lá, por agradecimento, alisei os ossos das suas costas por cima da blusa. Tirei meu rosto do seu tórax e perguntei:

— Onde está a Márcia?

Ele se afastou de mim e abriu os braços como quem dizia, aqui, ali, acolá, no escritório escrevendo bilhetes falsos, no restaurante com nós dois jantando, no chão em que o sol começava a incensar um cheiro de lavanda de quem tinha limpado a casa há pouco, no sofá arrumado com aquelas mantas grossas de chenille, nesses braços que apontavam pra tudo quanto é coisa que ele tinha planejado sem eu saber.

Os braços abertos se recolheram em duas mãos juntas, como se rezasse. Reparei como suas sobrancelhas tinham mudado desde que entrei ali, se pareciam nervosas por conta do meu tiro de aviso, relaxadas para revelar que tudo não tinha passado de uma armadilha, agora, elas estavam tensas, num arco pra cima que deixava seus olhos redondos como se esperasse de mim qualquer resposta.

Eu queria saber o motivo, mas a ação veio antes da ideia, e eu fui lá e dei uma coronhada na sua têmpora, cortando o supercílio. Ele caiu e, antes de alcançar a arma que ele tinha deixado no chão, chutei-a para longe. Mesmo sentado, se acuando ao canto como bicho fujão, ainda sim, Nestor ria.

Encurralado, coloquei o revólver debaixo do seu queixo até que ele ficasse de joelhos para mim. Vendo-o assim, deslizei a arma do queixo até seu maxilar, pelo seu rosto, e desenhei sua boca no entorno da mira. Enfiei a ponta da arma fundo na garganta dele, enquanto eu descia ainda mais o dedo no gatilho, a milímetros de um disparo. Olhei pra baixo e me vi esse caubói, poncho aberto, quadril estático, a pistola à mostra com as linhas da cintura misturadas ao horizonte de um céu da boca prestes a explodir em sangue e porra.

VI

Um dia de Domingo

Escolho uma pedrinha pelo tamanho, nem tanto tijolo para arrebentar a vidraça, nem tanto cascalho para não chamar atenção quando atirasse na janela. Quero que ele saiba que eu tô aqui. Eu vim pela bagaceira.

Ele me vê. Eu vejo que ele me vê e espero ali do lado de fora.

Ele vem aqui pra rua pra gente ficar rodando em volta de uns entulhos e de uns cacos de vidro esmeralda e lanças espetadas nos portões das casas e isso é tudo: nós dois de guarda alta girando em torno de um não sei o quê, eu conduzindo ele, ele me conduzindo e assim vamos. Ele me olha, eu olho pra ele e olho pra onde ele olha.

Um pedaço de pau solto de um tapume tava ali na rua e quem pegasse primeiro quebrava o equilíbrio.

Ele corre antes, mas chegamos juntos, cada um pegando um pedaço da ponta da madeira. Cuspo na cara dele e a surpresa com a cara cuspida me dá vantagem.

Arranco o pedaço de pau dele e vou direto pra cabeça. Ele ergue os braços e abaixa como uma tartaruga escondendo o pescoço pra se defender, mas a porrada é forte, pega na junção do ombro com a orelha e o pau quebra em dois.

Metade vai pro chão, metade fica comigo. Dou a primeira estocada e ele dá um pulo pro lado, rasgando só a camisa.

Na segunda, no olho, ele desvia, acertando o supercílio. Na terceira, volto pra paulada e pega na costela quebrando o resto da madeira.

Ele geme um gemido de bicho quando apanha e eu acho que ganhei alguma coisa, mas enquanto arremesso o pedaço quebrado, ele aproveita minha distração com a vitória e devolve uma joelhada nas minhas bolas. Tudo é como bilhar, um jogo de paus e bolas, é o que penso enquanto defendo minha cabeça das bicas dele.

Rastejo pra fora dos chutes e me levanto. Ele só não vem pra cima e acaba comigo quando eu tô meio de cócoras, levantando, porque não enxerga uma foda com o supercílio pingando. E ele tenta conter o sangramento, uma mão vai no olho para estancar o supercílio como se fosse um cano furado e, a mão dele, durepox, e ele não sabe usar durepox e o cano continua jorrando.

Enquanto massageio meu saco com uma mão, penso naquele movimento de colocar as costas no chão e saltar com as pernas pra frente e cair já em guarda, mas eu não sei fazer isso. Me levanto com a mão no quadril, dolorido que só a porra e antes que ele consiga parar um pouco do sangue escorrendo, corro emendando meus passos numa bica rasante, querendo acertar em cima do tornozelo pra ele cair.

Se a bica não pega com força, pelo menos dá uma bambeada, descobrindo o tórax da guarda e eu desço um socão na costela machucada pela paulada e tento uma joelhada nas bolas dele pra vingar as minhas, mas ele levanta a coxa e se protege.

Sem nem abaixar a perna, ele contra-ataca e, de cima pra baixo, dá um soco no meu olho.

E a gente se atraca.

Ele me abraça e encosta o rosto no meu e nos olhamos de olho, penso, rápidos o suficiente para que a gente pense igual: cabeçada.

A gente cai e levanta zonzo do cabeça-cabeça. Guarda alta de um silêncio cansado, o barulho da goteira num entulho, do vento na poeira e da gente respirando fundo e pouco, como se desse pra mandar o oxigênio circular dos pulmões pros machucados, e refazer o pouco de energia que a gente tinha.

A violência é um sentimento, não dá pra segurar um sentimento e eu sou um sentimento, eu sou a violência, uma máquina, um helicóptero de soco, chute, hélices voando pra todo lado, é isso que você quer, então toma, segura a violência de um ciborgue, de um homem do futuro, um vampiro, um caubói, cavaleiro do espaço, um híbrido de pirata e dinossauro, biônico, mau. Ele se encolhe na guarda alta e espera.

Um cruzado acerta meu maxilar e sinto qualquer coisa bamba dentro da boca, acho que um tendão descolou, algo assim, porque depois da porrada ficou na hora inchado. Eu cuspo e, quando atinge o chão, a saliva levanta um montinho de terra com o peso do toco de dente.

Ele se afasta, relaxa a guarda, observa minha boca sangrando e fala:

— Vamo embora. Morreu.

— Vamo, sim.

Levanto os dois braços em sinal da paz e dou um sorriso com o lado da boca que ainda não está paralisado. Ele fica confiante, a cada passo em minha direção o vento balança a camisa rasgada pela paulada.

O vento venta o rasgo da camisa e acho que ele tá leve demais pra uma trégua, enquanto eu tô duro, de pé, o olho parado na figura vindo, meu maxilar bambo rangendo.

Ele confia que nada vai acontecer, porque é otário e porque é otário quer passar por mim com essa camisa solta, essa pose de pacifista, como se tivesse ganhado, aqui é ação, sem cumprimentos, abracinho, não tem locutor falando seu nome e você bebendo champanha com louros pendurados nas orelhas.

É só a gente se batendo debaixo do sol e isso é tudo. Não tem ninguém por trás do arame farpado desses portões pra perguntar porque tamo brigando, ou pra aplaudir esse meu soco armado no seu olho ruim.

O último soco, que, quando pega no meio da cara, é como se eu esmurrasse uma batata quente, dá uma sensação rápida de espalha fácil, se sucedendo por outros últimos socos e chutes, que vão amassando o queixo, a costela quebrada, até ele cair no chão e os últimos chutes levarem a outros últimos chutes e o sangue do supercílio marcar o bico do meu tênis, sua boca marcar a sola.

Depois do sangue saindo dessa cara de purê de batata, uma gosma verde vem do supercílio. A gosma se espalha até se misturar com o que tinha ficado de sangue no chão e uma poça amarela como um rio de pus se forma na frente da testa desacordada dele.

E dessa poça que vai ficando mais verde à medida que a gosma não para de sair, aos poucos, um ponto preto se abre a partir do corte. Primeiro um graveto sai de dentro da cabeça, depois outro: são patas. E seguindo as patas, abrindo espaço da têmpora, umas cabeçadas vêm de fora pra dentro, como se uma bexiga fosse soprada ao contrário, murchando e expandindo.

A cabeça explode em um bilhão de pedaços verdes e suja tudo ao redor, inclusive meu rosto. Limpo minha cara com as mãos num movimento de para-brisa, e ainda sem ver sua forma de verdade, me afasto dando uns pulinhos de pugilista. Ergo a guarda de novo e já com a visão de volta, vejo a pose do bicho.

Ali, na minha frente, duas asas peludas do tamanho de um vectra voam paradas, como se suas batidas servissem apenas para que o bicho ficasse estático no ar. O bicho me olha, eu olho pro bicho e, olhando para seus olhos divididos em microcubículos que refletem milhares de imagens iguais e distorcidas de mim, ele retrai suas asas, recolhe seus pés e abdômen, ganhando a anatomia de uma bala de revólver. Ergo a guarda e espero que ele me acerte.

O bicho desce rasante e encontra minha defesa. Sinto o impacto das suas asas contra meu antebraço e dou um passo pra trás. Mas o bicho insiste, voando contra meus braços fechados como se eles fossem uma lâmpada, atraído e repelido pelo mesmo movimento.

E o bicho fica mais forte. Toda vez que o corpo dele retorna, meus braços sentem seu peso e mal se seguram fechados. Conforme ele vai e vem, é pouco o ar dos meus pulmões. Não falta muito pra eu cair, visão turva, silvos no ar dessa visão turva, silvos no ar dessa visão turva e meu calcanhar falseando.

Talvez ele saiba que eu vou cair, talvez não saiba. Mas fato é que ele se afasta e sobe. Penso, quando vejo mais uma vez suas asas paradas no céu, que, dessa distância, ele está se preparando para dar seu golpe mortal.

Seu cuzinho pisca e isso seria apenas um sinal de que seu golpe mortal está a caminho, de que ele está puto, triste, alguma reação alérgica, mas eu acho que não: ele tá tirando com a minha cara. É isso, ele pode avançar na hora que quiser e não faz, porque ri da minha cara. E sei que ri da minha cara porque, detrás dos meus punhos erguidos, vejo que seu cuzinho pisca.

Fico puto, porque eu sou a violência, cuzinho nenhum vai piscar na minha frente, eu sou a ira, sou essa pressão na veia condensada na corrente sanguínea, essa transpiração ebulindo até estourar meus tímpanos e narinas em um chiado de vapor. Todo o meu ódio é essa fervura aguda, essa fumaça com barulho de apito. Quero ver se esse cuzinho ainda tem coragem de continuar piscando.

Tá com medo né, eu penso. O cu do bicho para de piscar e ele retorna para sua posição de bala de revólver, agora, sim, ele vem pro rasante final. Mas ele não sabe que, depois que minhas ventas explodiram, minha pele ficou mais quente. Ele não sabe que, conforme a água das minhas células foi saindo pelos ouvidos e narinas, uma nova energia brotou dentro de mim. Então vem, caralho. Vem até mim que eu vim pela bagaceira.

Abaixo a guarda como se o desafiasse e espero que suas asas encontrem meu peito. Ele continua rebatendo apesar de meu corpo não dar nenhum sinal de debilidade, ele continua cada vez mais rápido, cada vez mais inútil. Eu sou a violência. E, em vez das suas investidas me bambearem, cada uma das batidas do bicho me torna mais forte.

Melhor, me tornam mais forte e mais luminoso. Estou brilhando, é esse o resultado dos ataques do bicho, eu estou no auge da minha energia. Minha pele craquela, e, de cada rachadura, saem feixes de luz.

Ele, diferente de mim, parece cansado. Seu voo se torna mais lento e, se já não me feria, agora parecem cócegas. E mesmo as cócegas racham ainda mais minha pele.

Explodo com esse tanto de energia acumulada. O bicho me olha, eu olho pro bicho e, olhando para seus olhos divididos em microcubículos que refletem milhares de imagens iguais e distorcidas de mim, vejo que somos insetos, homens, maridos, namorados e tudo o que está condenado a se bater como uma canção que se repete em um dia de domingo.

CARA LEITORA, CARO LEITOR

A **Aboio** é um grupo editorial colaborativo.

Começamos em 2020 publicando literatura de forma digital, gratuita e acessível.

Até o momento, já passaram pelos nossos pastos mais de 800 autoras e autores, dos mais variados estilos.

Para a gente, o canto é conjunto. É o aboiar que nos une e que serve de urdidura para todo nosso projeto editorial.

São as leitoras e os leitores engajados em ler narrativas ousadas que nos mantêm em atividade.

Nossa comunidade não só faz surgir livros como o que você acabou de ler, como também possibilita nos empenharmos em divulgar histórias únicas.

Portanto, te convidamos a fazer parte do nosso balaio!

Todas as apoiadoras e apoiadores das pré-vendas da **Aboio**:

—— **têm o nome impresso nos agradecimentos de todas as cópias do livro;**

—— **são convidadas a participarem do planejamento e da escolha das próximas publicações.**

Fale com a gente pelo portal **aboio.com.br,** ou pelas redes sociais (**@aboioeditora**), seja para se tornar uma voz ativa na comunidade **Aboio** ou somente para acompanhar nosso trabalho de perto!

Vem aboiar com a gente. Afinal: **o canto é conjunto.**

APOIADORAS E APOIADORES

Agradecemos às **213 pessoas** que assinaram o portal, apoiaram nossa pré-venda ou participaram direta ou indiretamente deste **Aboio.**
Sem vocês, este livro não seria o mesmo.

Adriana Yumi Higashioka
Adriane Figueira Batista
Adriano Vilas Bôas
Alessandra Effori
Alex Rosa Costa
Alexander Hochiminh
Allan Gomes de Lorena
Amanda Guedes Mazza
Ana Calsolari
Ana Carolina
   Martins Toreto
Ana Maiolini
André Balbo
André Costa Lucena
André Pimenta Mota
Andreas Chamorro
Anna Beatriz
   Cavasin de Souza
Anna Martino
Anselmo de Araújo Souza
Anthony Almeida
Antonio Luiz
   de Arruda Junior

Antonio Pokrywiecki
Anuar Sayed
Arlete Mendes
Arthur Lungov
Artur Hoshino
Bianca Monteiro Garcia
Branca Lescher
Bruna Waitman
Bruno Coelho
Bruno Renan
   de Paula Santos
Caco Ishak
Caio Balaio
Caio Girão
Calebe Guerra
Camilo Gomide
Carla Guerson
Cássio Goné
Cecília Garcia
Cintia Brasileiro
Claristone Cruz Lima
Claudine Delgado
Cleber da Silva Luz

Cristina Machado
Daniel A. Dourado
Daniel Dago
Daniel Giotti
Daniel Guinezi
Daniel Jorge
    Pedrosa Colom
Daniel Leite
Daniel Longhi
Daniela Rosolen
Danilo Brandao
Danilo Daidone Chalita
Débora Mariano
Denise Lucena Cavalcante
Dheyne de Souza
Diogo Cronemberger
Diogo Mizael
Dora Lutz
Eduardo Rosal
Eduardo Valmobida
Enzo Vignone
Fábio Franco
Febraro de Oliveira
Flávia Braz
Flávio Ilha
Francesca Cricelli
Gabo dos livros
Gabriel Carneiro
Gabriel Monteiro Ambrós
Gabriel Stroka Ceballos
Gabriela Goes Parra
Gabriela Machado Scafuri

Gael Rodrigues
Giovanna Bertuci
Gisele L. Faria
Giselle Bohn
Giulia Lima
Giulia Poltronieri
Giuliana Mason Purchio
Guilherme Belopede
Guilherme Boldrin
Guilherme Colucci Giudice
Guilherme da Silva Braga
Gustavo Bechtold
Hector Barboza Leite
Henrique Emanuel
Henrique Lederman
    Barreto
Isabela Moreira
Isabela Noronha
Isabella Caruso
    Villas Boas
Ivana Fontes
Jadson Rocha
Jailton Moreira
Jefferson Dias
Jessica Aline Curtolo
    Belotto
Jessica Ziegler
    de Andrade
Jheferson Neves
João Luís Nogueira
João Pedro Revoredo
    Pereira da Costa

João Vítor Gonçalves
Júlia Gamarano
Julia Lustosa
Júlia Pereira
Julia Santalucia
Júlia Vita
Juliana Costa Cunha
Juliana Slatiner
Júlio César
    Bernardes Santos
Laís Araruna de Aquino
Lara Haje
Laura Redfern Navarro
Laura Rheinboldt
Leitor Albino
Leonardo Pinto Silva
Leonardo Yokomizo
Leonardo Zeine
Letícia Yuri Akutsu
Lia Karim
Lili Buarque
Lolita Beretta
Lorenzo Cavalcante
Lucas Ferreira
Lucas Lazzaretti
Lucas Verzola
Luciano Cavalcante Filho
Luciano Dutra
Luciano Meyer
Luis Felipe Abreu
Luísa Machado
Luísa Viana Xavier

Luiza Eltz
Luiza Lorenzetti
Maíra Thomé Marques
Manoela Machado
    Scafuri
Marcela Roldão
Marcelo Conde
Marco Bardelli
Marcos Vinícius Almeida
Marcos Vitor
    Prado de Góes
Maria de Lourdes
Maria Eduarda Paniago
Maria Fernanda
    Vasconcelos
    de Almeida
Maria Ferreira da Cruz
Maria Inez Porto Queiroz
Maria Luisa M. Allodi
Maria Vitule
Mariam Melhem
Mariana Donner
Mariana Figueiredo
    Pereira
Marina Kao
Marina Lourenço
Marvin
Mateus Magalhães
Mateus Marques
Mateus Torres
    Penedo Naves
Matheus Antonio Alves

Matheus Picanço Nunes
Mauricio Miranda Abbade
Mauro Paz
Mikael Rizzon
Milena Martins Moura
Narayan Lima da Silva
Natalia Nora
Natalia Timerman
Natália Zuccala
Natan Schäfer
Natasha Okuma
Nathália Nunes
Odylia Almacave
Otto Leopoldo Winck
Paula Luersen
Paula Maria
Paulo Scott
Pedro Amancio
Pedro Borba
Pedro Torreão
Pietro A. G. Portugal
Rafael Masatomo Matsuda
Rafael Mussolini Silvestre
Renato Stanziola Vieira
Ricardo Kaate Lima
Ricardo Massonetto
Rodrigo Barreto
        de Menezes
Rodrigo Fernandes Paes
Rodrigo Ratier
Ronaldo Kemp
Rubens José Barbosa

Samara Belchior da Silva
Samirah Fakhouri
Seham Furlan Ochoa
Sergio Mello
Sérgio Porto
Sofia Schoedl de Oliveira
Taluana Petnys
Thais Fernanda de Lorena
Thassio Gonçalves Ferreira
Thayná Facó
Tiago Moralles
Vainer Eduardo Pedra
Valdir Marte
Valerie Midori Koga Takeda
Valter Pereira Lima
Victor Lopes
Vitor Machado Giberti
Vitor Romenior
Vivian Christine
        Dourado Pinto
Weslley Silva Ferreira
Wibsson Ribeiro
Yvonne Miller

PUBLISHER Leopoldo Cavalcante
PREPARAÇÃO André Balbo
ASSISTÊNCIA EDITORIAL Nelson Nepomuceno
COMERCIAL Marcela Roldão
COMUNICAÇÃO Thayná Facó
DIREÇÃO DE ARTE Luísa Machado
CAPA E ILUSTRAÇÃO Gustavo Quevedo

Edição © Aboio, 2024
Um dia de domingo © Gabriel Cruz Lima, 2024
Ilustração da capa © Gustavo Quevedo, 2024

*Grafia atualizada segundo o Acordo Ortográfico da Língua
Portuguesa de 1990, que entrou em vigor no Brasil em 2009.*

*Os personagens e as situações desta obra são reais apenas no
universo da ficção: não se referem a pessoas e fatos concretos, e
não emitem opinião sobre eles.*

Dados Internacionais de Catalogação na Publicação (CIP)
Eliete Marques da Silva — Bibliotecária — CRB — 8/9380

Lima, Gabriel Cruz
    Um dia de domingo / Gabriel Cruz Lima --
São Paulo : Aboio, 2024.

    ISBN 978-65-85892-27-8

    1. Contos brasileiros II. Título.

24-231648   CDD—B869.3

Índices para catálogo sistemático:
1. Contos : Literatura brasileira

[2024]

Todos os direitos desta edição reservados à:
ABOIO EDITORA LTDA
São Paulo — SP
(11) 91580-3133
www.aboio.com.brt
instagram.com/aboioeditora/
facebook.com/aboioeditora/

[Primeira edição, novembro de 2024]

Esta obra foi composta em Adobe Text Pro.
O miolo está no papel Pólen® Bold 70g/m².
A tiragem desta edição foi de 300 exemplares.
Impressão pelas Gráficas Loyola (SP/SP).

A marca FSC® é a garantia de que a madeira utilizada na fabricação do papel deste livro provém de florestas que foram gerenciadas de maneira ambientalmente correta, socialmente justa e economicamente viável, além de outras fontes de origem controlada.